COLLECTION FOLIO

Marie Darrieussecq

Clèves

P.O.L

Marie Darrieussecq est née en 1969 au Pays basque. Elle est écrivain et psychanalyste. Elle vit principalement à Paris.

Est-il possible que l'on ne sache rien de toutes les jeunes filles qui vivent cependant ? Est-il possible que l'on dise « les femmes », « les enfants », « les garçons » et qu'on ne se doute pas, malgré toute sa culture, l'on ne se doute pas que ces mots, depuis longtemps…

RILKE

I

LES AVOIR

« Mais vas-y donc, à ta kermesse. »

Dix heures du soir au mois de juin.

Ses parents ont du monde. Ils boivent du rosé. « Mais vas-y donc, à ta kermesse. » Leurs copains sifflent quand elle se montre avec sa robe. Sa mère l'embrasse et lui frotte la joue à cause du rouge à lèvres. Son père lui donne un billet de dix francs.

Elle gambade sur la route, un petit saut à chaque pas, un bruit glissant, *chiff, chiff.* Sa robe bat l'arrière de ses genoux. Des chiens rouges sont brodés le long de l'ourlet. C'est sa robe préférée.

Elle passe devant chez Monsieur Bihotz, elle est contente qu'il ne soit pas sur son perron.

Un mouvement de foule et elle entend « ton père ton père ». Elle lève la tête vers le clocher. Les aiguilles font un angle comme l'index et le pouce, un revolver. Minuit moins le quart. Elle avait la permission de onze heures et demie. *Putain putain.* La bouche ouverte de Nathalie : « ton père ! » en rouge humide.

Elle le voit. Entièrement nu. Un foulard rouge autour du cou, sa casquette Air Inter sur la tête. Avec son copain Georges qui est nu lui aussi. Ils chantent une chanson sur un curé et une nonne. « Tu vas nous bénir la bite ! » crie son père en courant vers elle. Non, vers le curé qui est derrière elle. La bite de son père, boudin blanc bondissant, est très différente de celle de Monsieur Bihotz.

*

Déjà qu'à l'école, ce n'est pas facile. Qu'elle est la seule à ne pas aller au caté. Raphaël Bidegarraï de CM2, les mains en coque sur sa braguette, lui demande de lui bénir la bite.

La mère de Nathalie lui a prêté un livre avec les prières et elle s'entraîne dans sa chambre. *Petit Jésus protège mes parents et apporte-leur la paix de l'âme. Et pardonne-nous nos offenses comme nous pardonnons à ceux qui nous ont offensés.* Elle demande à sa mère : *offensé, qu'est-ce que ça veut dire ?* « C'est quand on ne peut pas exprimer qui on est vraiment. Par exemple, quand je fais le ménage pendant que ton père est dans l'avion. »

Et délivre-nous de la tentation. Elle récite vingt Notre Père tous les soirs. Elle plie le dessus-de-lit en bandes exactement égales. Ni ses pieds ni ses mains ne doivent toucher les bords du matelas, et sa tête doit être pile au centre de l'oreiller.

Derrière l'église il y a une statue de la Vierge Marie, dans une robe bleu et blanc qui fait comme un tube d'où sortent ses mains, sa tête et son auréole.

Je vous salue Marie, pleine de grâce. Le Seigneur est avec vous. Vous êtes bénie entre toutes les femmes, et Jésus le fruit de vos entrailles est béni. Sainte Marie mère de Dieu, priez pour nous pauvres pécheurs, maintenant et à l'heure de notre mort. Amen.

Dix fois. Les mains, les pieds, tête pile au centre de l'oreiller. Les soirs où elle dort chez Monsieur Bihotz, il fiche tout par terre en venant la border.

Monsieur Bihotz dit que son père a voulu s'amuser, et que c'est aussi une qualité.

*

Tous les enfants ressemblent aux enfants de ce film, *Le Village des damnés*, où des extraterrestres ensemencent les femmes lors d'une nuit amnésique.

Elle a vu cette image à la télévision. Les yeux très pâles d'un enfant pâle. Ça dure une seconde, ce saisissement. Cette seconde où elle s'est vue. Ces yeux qui la regardent, la peau trop blanche, cet autre aux yeux trop clairs et qui est elle, pâle comme la mort, et qui l'oblige à cadenasser son lit de multiples façons, et à cacher sous le drap ce qui dépasse. Sauf quand elle se glisse auprès de Monsieur Bihotz, dont le corps massif la protège.

Nathalie dit qu'on peut tout dire au curé, et même qu'on doit, les mauvaises images dans la tête et les mauvaises actions, pour le pardon. Mais la bite à son père ?

Elle voudrait savoir si à l'intérieur d'elle c'est bon ou c'est mauvais. Ce qu'il y a à l'intérieur. À l'intérieur d'une noix. Qu'est-ce qu'on y voit.

*

L'école entière est obsédée par le sexe. Raphaël Bidegarraï lui demande si elle sait ce que c'est, une pute. Il lui explique, patiemment, avec une sorte de pitié excitée.

Baiser, elle n'est pas tout à fait sûre. « On va tous les baiser », dit son père. « Donne-moi un baiser », dit Monsieur Bihotz. « Je me demande quelle tête elle a quand elle jouit », dit Georges à propos d'une hôtesse de l'air ; elle comprend que c'est cette phrase-là qui a le rapport le plus sensible avec « pute ».

Elle comprend le mot, elle le comprend définitivement, pour la vie. Un avant et un après de la compréhension du mot pute. À l'intérieur d'une petite fille, il y a une pute.

Raphaël Bidegarraï, qui de toute éternité est le plus grand, fait mettre les filles en rang et les garçons devant. Les filles lèvent leurs jupes, et les garçons leur touchent la culotte.

Le jour où il dénude Peggy Salami, qui déjà porte un nom difficile, tout le monde voit (elle est contente que ce ne soit pas elle) la rigole entre les jambes, tracée au compas, deux demisphères du bas du ventre au bas du dos, deux parties parfaitement jointives mais légèrement écartées, séparant nettement en deux le corps et la classe et le village et le monde, et d'une grande rationalité anatomique, comparée à ce qu'ont son père et Monsieur Bihotz et vraisemblablement tous les hommes.

Sa mère est faite de la même façon. Les poils cachent le devant, mais derrière, il y a les fesses. Elle passe les dimanches d'été nue sur la terrasse, posée d'un côté puis de l'autre pour bronzer sans marques, en se désolant que la mer soit si loin. Ce qui est plus difficile à imaginer, c'est chez Madame Bihotz. Madame Bihotz : forme pyramidale sous une blouse en nylon. Tellement grosse que la rigole, si rigole il y avait, devait être comblée.

Le soir Monsieur Bihotz déshabillait sa mère et la mettait au lit. Elle portait, sous la blouse, une gigantesque combinaison. Sous les bras elle avait comme des seins supplémentaires.

Elle montait sur son lit très haut et Madame Bihotz, débarbouillée et barbue, lui racontait l'histoire du Petit Poucet, ou celle du Chaperon rouge, dans les versions anciennes, qui font peur.

Le dimanche matin Monsieur Bihotz emmenait sa mère à la messe en fauteuil roulant. Il la roulait de chez lui jusqu'au bourg. Ça leur prenait une demi-heure, parce que ça montait raide. Au retour, ça allait beaucoup plus vite, il fallait qu'il fasse contrepoids. Son père, depuis la terrasse, appelait au spectacle, la mère et le fils Bihotz luttant contre la pesanteur.

*

Le dimanche matin son père l'emmenait parfois en promenade.

Il l'autorisait à s'asseoir à l'avant de l'Alpine. Ils s'amusaient à pétarader dans la montée et à foncer dans la ligne droite sous les silos, *vavavoum*. Puis ils redescendaient vers la rivière et le basbourg, et ils s'arrêtaient prendre des gâteaux. À partir de là, deux options : la mer, à une heure, ou la base nautique, à cinq minutes.

Ils se garaient devant la base nautique et mangeaient les gâteaux. Son père lui racontait des atterrissages d'urgence et des cumulonimbus à effet aspirateur et le jour où la conne d'hôtesse n'avait pas désarmé les toboggans.

Il disait qu'à Clèves on n'a pas la mer mais qu'on a un joli lac.

Il en grillait une avec Georges au Yacht Club. Sur le mur il y avait un calendrier avec des femmes nues.

Par périodes, aussi, ils se garaient dans des lotissements. Son père lui laissait les gâteaux et la radio et revenait plus tard.

Elle regardait l'eau plate. La voiture tremblait dans les rafales de vent. Elle ouvrait un peu la fenêtre. Le vent gris glissait au ras de l'eau. Il soufflait invisible sur ses joues.

Elle s'asseyait au volant. Elle passait une vitesse debout sur les pédales, puis se rasseyait. La route défilait, traversée de cerfs, contemplée par des lièvres. Ou elle était à bord d'un avion et enclenchait les petits interrupteurs au plafond. Les moteurs ronflaient, elle inclinait le volant et prenait de la vitesse, le sol lâchait prise, elle s'envolait d'un coup et le lac devenait minuscule, une miette bleue.

*

Ce qui est extraordinaire, à une maison près, c'est comme tout change.

Qu'est-ce que ce doit être, par exemple, d'une yourte mongole à un gratte-ciel américain, si de la maison de ses parents à celle des Bihotz (ou à celle de Rose) tout est si différent ?

Sa mère lui a rapporté du magasin un tabouret en forme de boîte de Coca-Cola. Et pour son anniversaire, des rideaux imprimés *Statue de la Liberté*. Et Monsieur Bihotz lui a offert un poster qu'elle adore, un soldat qui tombe avec écrit *WHY ?* mais sa mère dit que ce n'est pas de son âge.

La chambre de Rose est très différente. Une impression de lumière, quelque chose de délicat. Même les murs, même la forme de la chambre est différente. Il faudrait un autre mot, surtout si on prend maintenant la chambre de Monsieur Bihotz, avec le poster de France Gall et les piles de *Sud-Ouest* et les tasses noircies.

Son père dit que chez Rose, ça sent la rose. Chez les Bihotz ça sent le chien et la soupe, ou plutôt ça sentait la soupe, avant la mort de Madame Bihotz. Dans la chambre de Madame Bihotz ça sent quelque chose d'immobile. Peut-être la poussière. De près, la poussière ressemble à des peluches de laine, à des petites cendres. Sa mère au magasin passe le chiffon tout le temps, à cause de la circulation. Il y a de plus en plus de poussière, affirme sa mère.

La chambre de ses parents est marron. Les rideaux sont à fleurs orange. Deux lampes assorties sur deux chevets en velours. Quand sa mère est là, elle est tout le temps couchée. Du côté de sa mère, il y a une photo, de petit garçon.

Elle met sa main devant ses yeux et elle joue à enlever un élément, le lit, une lampe, la photo, et tout en est transformé, ce n'est plus la même chambre, un petit rien ça change tout. Et quand son père est là, tout est encore différent.

*

Elle est allongée sur un pupitre de la classe, avec le trou pour l'encrier. Raphaël Bidegarraï, Christian Goyenetche, Nathalie, Rose, Delphine Peyreborde, les deux Villebarrouin, tous les Boursenave, même les petits Lavinasse, tout le monde est là. Superpositions de têtes, paires d'yeux comme des têtes d'épingles, et chacun lui plante des punaises dans le corps. Rouges, comme celles que le maître plante pour tenir la carte du monde — soigneusement, une par une, chacun son tour. La pression sous sa main augmente, le point dur et chaud qui tient toute l'histoire, de piqûre en piqûre, toute la classe, tout le monde autour d'elle. Elle n'est pas attachée mais il est impossible de bouger, il lui est aussi impossible de fuir que pour un élève puni de quitter le coin. Elle subit les enfoncements un par un, lents, profonds, sa main frotte le point central, jambes écartées au maximum, plaisir insupportable à faire durer encore, et quand le maître, moment sans nom, plante la dernière — elle pouvait s'endormir, dans les draps à peine dérangés de son lit d'enfant.

*

Elle ouvrait le litre d'eau de Cologne *Bien-être* et Madame Bihotz en jaillissait, pimpante, comme un génie, et avec elle toute sa chambre et ses blouses en nylon. Puis retombait, même en aspirant très fort. Retombait en souvenir fixe d'une grosse femme assise. Il fallait reboucher le flacon et s'efforcer d'oublier. Puis recommencer, et Madame Bihotz surgissait.

« Tu peux avoir sa chambre », lui avait dit Monsieur Bihotz.

En reniflant et en la serrant très fort. Chaud et mouillé comme une grande bouche.

Sur le lit de Madame Bihotz il y avait trois chiens en peluche, et le chien vivant au milieu. Il s'appelait Lulu, c'était une chienne. Lulu ressemblait de plus en plus à Madame Bihotz.

Les morts restent-ils gentils, quand ils sont morts ?

Elle préférait la chambre de Monsieur Bihotz, sous les posters de moto et de France Gall.

À 23 h 30 exactement, l'avion de son père passait au-dessus des toits. Elle se blottissait contre Monsieur Bihotz. « C'est l'avion de papa », soufflait-elle en suçant son pouce, et il lui disait arrête, qu'elle était trop grande.

*

La mère de papa, qu'on appelait Nannie, l'appelait Nono, ce qui n'a rien à voir avec Solange à moins de vouloir dire Soso. « Solange », rectifiait sa mère, « oui, Nono », répétait Nannie, on n'en sortait pas. « Comme tu as grandi Nono. Quel beau petit tu fais Nono. » Nannie était comme papa, capable de se mettre d'un coup dans d'énormes colères, je n'ai pas la berlue tout de même, je sais quand même ce que je dis. On revenait de là en Alpine en disant que Nannie était fatigante.

À la mort de Nannie Lulu s'était mise aussi à lui ressembler, son menton s'effaçant (si les chiens ont un menton), son front de plus en plus bombé, son crâne en surplomb sur son absence de nez.

*

« Mon pauvre Monsieur Bihotz. C'est dur de perdre votre maman. Jeune comme vous êtes. Mais c'est un soulagement aussi. Il va falloir aller de l'avant. De vous voir comme ça, la petite en est retournée. »

Quand Monsieur Bihotz vient dans leur maison à eux, assis grand et raide sur le canapé, c'est difficile de respirer : les molécules d'air ne savent pas de quel côté se ranger, les murs oscillent. Les lampes, les étains, la lithographie de Toffoli : on dirait que Monsieur Bihotz va tout faire valser. On voit son tee-shirt sans manches sous la chemise qu'il a mise exprès.

« Merci pour les fleurs », dit sa mère.

« Vous les avez tondus, vos hortensias », dit son père.

Monsieur Bihotz et son père dans la même pièce, sous le même toit, c'est comme des animaux pas de la même espèce, on ne sait lequel mange l'autre, herbivore ou carnivore, un bœuf dans un château de termites, un chien nageant entre deux hérons — une catastrophe imminente.

Elle demande si elle peut avoir le bouquet d'hortensias dans sa chambre. « Une vraie petite bonne femme », sourit son père.

(« On a de la chance, dira-t-il plus tard, ç'aurait été Noël, il les aurait passés à la bombe dorée, on en aurait eu pour six mois. » « Le pire, ajoute sa mère, ce sont les glaïeuls, tu sais, ces trucs rouges qu'il a sous son balcon. »)

Monsieur Bihotz met un seul sucre dans le mazagran, alors que chez lui il en met trois dans sa tasse décorée d'un oiseau.

Sur son front chevelu on voit encore les traces de quand elle lui a enlevé des points noirs.

À travers la chemise on devine ses tatouages, AC/DC sur un bras, sur l'autre une tête de mort. Sur la poitrine il a un tatouage de tigre avec une rose, mais là c'est caché par le tee-shirt.

« Il en a un sur la bite », dit son père un soir de copains et de rosé. « MN il y a écrit, ça fait MamaN. Moi j'ai le même et ça fait Merde et remerde à tous ceux qui me prennent pour un coN. »

*

Des histoires d'enfants enlevés. Des mères courant derrière des voitures et hurlant mon enfant mon enfant.

Il lui interdit de sortir sans lui, même au jardin. Elle attend qu'il se réveille. Monte sur une chaise et regarde les poules, les cages des lapins, les bûches sous une bâche noire. L'arbre avec un nom d'île, *albizzia.* Les rouleaux de vieux grillage. Les pneus. La mare, vers le bas du jardin. Et vers le haut, les petits arbres taillés en boules, et les cannas. De grandes fleurs rouges qui ressemblent à des têtes de dindons. Et le coin avec la mousse qui ne part jamais, et que Monsieur Bihotz se tue à désherber.

Un jour je te creuserai une piscine. Tu pourras te baigner.

De cette fenêtre elle voit sa maison. Elle a laissé une poupée punie sous son petit bureau, pendue au tréteau.

« Sans toi, lui dit Monsieur Bihotz, je ne sortirais pas du lit. » Il lui fait des tartines d'Indien, en dessinant des plumes dans le beurre. Il trempe une cuillère à soupe dans un pot de confiture d'un kilo. Il l'oblige à manger une pomme. « Ta mère a dit que tu manges des fruits. » Il fait sauter le trognon d'un coup, en enfonçant un économe.

Il visse le couvercle du moulin électrique. Un bruit effarant, les grains sautent et disparaissent dans un nuage noir, et Lulu aboie, aboie. Une main géante visse le toit de la maison et ils disparaissent, pulvérisés.

Dans l'après-midi il faisait réchauffer la même cafetière, et il disait comme Madame Bihotz : « café bouillu, café foutu. »

« Feu Madame Bihotz », disait-il aussi. C'est comme ça qu'on dit pour les morts.

« Il est un peu particulier, disait sa mère. Mais qu'est-ce qu'on ferait sans lui. »

Vu leurs horaires, ça se trouvait aussi simple qu'elle dorme chez lui, en semaine en tout cas.

Après le café, ils descendaient au sous-sol égrener le maïs. À califourchon sur les bords de la cuve en métal, à racler les épis entre leurs cuisses. Il concassait les grains avec une masse, pour les canards. Elle rentrait avec des échardes et de la balle de maïs dans les cheveux. « Une vraie petite fermière », disait sa mère.

Madame Bihotz avait été incinérée. Feu Madame Bihotz.

« Madame Bihotz elle est dans l'urne, avait-elle expliqué à ses parents, Monsieur Bihotz il dort avec. » Son père avait soupiré : « Il y a peut-être une vraie nounou au village, non ? » « Tu n'as qu'à t'en occuper », avait répondu sa mère.

*

« Extravertie, lui dit Rose, c'est quand on rit, qu'on raconte des choses, que par exemple on danse… Ton père il est extraverti. Introverti, c'est quand on est un peu triste, qu'on a l'air mystérieuse. Moi je suis introvertie. Ma mère est extravertie. Mon père est introverti. En fait ma famille c'est l'inverse de ta famille. »

Il est cinq heures, l'heure du chocolat chaud, la mère de Rose est à la cuisine. « J'ai fait du pain d'épice, les filles ! »

« Comment vont tes parents ? Je suis passée au magasin l'autre jour. Ta mère a de jolies choses en ce moment. »

Ses bottes claquent sur le plancher. Elle s'assoit sur la table, entre les bols de chocolat, avec sa courte jupe à franges. Elle allume une cigarette. On voit sa culotte.

Toujours à faire des choses déconcertantes, poser une main légère sur sa nuque et souffler :

« Et toi, Solange, comment vas-tu ? »

Ben ça va.

La mère de Rose toujours chaussée de grandes bottes rouges, même à la maison. Ces grandes bottes la maintiennent au sol comme un champ magnétique.

« C'est une dingue, dit son père. Une dingue, doublée d'une conne. »

« Si quelque chose n'allait pas, tu me le dirais, n'est-ce pas ? »

Sa tête penche sous la main légère. Et de façon inexplicable, elle sent de l'eau peser dans sa gorge et derrière ses yeux, comme une carafe.

Monsieur Bihotz passait la chercher à six heures. La mère de Rose insistait pour qu'il boive quelque chose.

Le père de Rose descendait une minute dire bonsoir. Il faisait toujours une plaisanterie sur Rose et elle, les princesses de Clèves, avec un air malin et personne ne savait quoi dire. Monsieur Bihotz surtout avait l'air de transporter autour de lui une cloche qui étouffait ses rares sons, et qui le tassait, à la fois plus petit et plus épais.

Avec la mère de Rose, Monsieur Bihotz se comportait à peu près normalement. Il prenait un Ricard, elle un whisky, et ils trinquaient.

*

Les autres s'enclenchaient dès son arrivée dans la cour.

C'était fatal. Un déséquilibre se produisait. Une brutale bascule : soudain, tous les regards. Ça n'arrivait pas tous les jours, mais c'était tous les jours possible, et il n'y avait rien à faire.

Un groupe se formait autour de Raphaël. Le seul jour où elle pleura fut quand ils lui coupèrent une grosse mèche sur le côté de la tête. De toute façon elle ne s'enfuyait pas. Ils se moqueraient encore plus. Elle s'auscultait dans le miroir. Qu'est-ce qu'elle avait ? Son absence au catéchisme, l'*extravertisme* de son père ?

Pourtant il y en avait, des bizarres. Les Lavinasse avaient neuf enfants, dont deux placés chez leurs cousins Boursenave, qui eux-mêmes avaient six enfants, dont aucun ne savait lire. Madame Bihotz, si on allait par là, était morte énorme mais respectée de tous. Quand Concepción González avait débarqué à l'école avec ses anglaises, sa robe à dentelles et pas un mot de français, elle avait espéré que se dévie cette pente qui précipitait l'école sur elle comme un liquide. Mais Concepción González avait mis un jean au bout de deux jours, parlé français au bout d'un mois, et elle était devenue meilleure amie de tout le monde.

Elle était venue au magasin, pour un cadeau de communion. « Cette petite Espingouine est adorable. Et elle n'est pas née avec une cuillère en argent dans la bouche. Il faut être gentil avec elle. »

Évidemment il y avait Peggy Salami, mais elle était réellement débile, et elle avait un sixième doigt sans os ni ongle à une main.

Sans parler du plus bizarre des fils Boursenave, qui se balançait en se tenant la braguette. Ni des Kudeshayan, qu'on appelait les Cul de Chien, la peau plus noire que des Africains mais il faut être *tolérant.*

« Pédé ! » hurlait le fils Boursenave à ceux qui s'approchaient trop près.

Elle attendait le collège, la sixième, pour quitter ce cratère. L'école primaire derrière elle comme un monde perdu à dinosaures et fossiles.

« Tu t'es fait scalper par des Indiens ? » lui avait demandé Monsieur Bihotz.

Et le soir en la couchant : « C'est pas facile, l'école. » Comme s'il savait. Petite bouée dans le déluge.

*

Rose non plus n'était pas la même chez elle ou à l'extérieur. Ce jour de pluie où Raphaël lui avait mis la tête sous la gouttière, pendant que Roland Lavinasse et André Boursenave lui bloquaient chacun un bras, ce jour de pluie fracassante Rose bien sûr ne lui tenait pas la tête sous l'eau ni ne se trouvait dans le groupe de filles qui encourageaient les garçons et riaient plus fort que la pluie. Mais elle l'avait vue qui la regardait, un peu en retrait. Qui la regardait comme si elle ne la connaissait pas, ou ne la reconnaissait pas. Avec quelque chose de désolée, désolée d'en être là, à l'extrême limite de ce qu'il est possible d'ignorer ou de regarder.

Sa meilleure amie Rose.

« Je t'apprécie parce que tu es très intelligente, lui avait-elle dit devant leur chocolat chaud. Même mon père le dit. »

Elle la regardait avec une grande attention.

« Tu as ce quelque chose que peu de gens ont. Ma mère l'a. Moi aussi je l'ai. Ta mère, on ne peut pas dire qu'elle l'a, il lui manque je ne sais quoi. Peut-être de quitter ton père ? »

Rose disait toujours les choses les plus alarmantes avec une syntaxe rare et son accent élégant.

Est-ce que c'était *sexuel* ? Est-ce que ça concernait des gens qui, comme elle, pensaient constamment aux choses auxquelles les autres n'ont pas l'air de penser ?

Concepción, devenue jolie, une queue-de-cheval bondissant sur ses épaules, sautait à l'élastique avec Rose et Nathalie. Elle l'imaginait se prendre les pieds et tomber gueule ouverte sur une cuillère qui lui crevait le cerveau. *Crac.*

*

Au salon aussi il y avait une photo. Elle était là comme les rideaux, la cheminée, les étains, et tout un tas de choses qui n'ont pas de nom parce que justement elles sont là, là d'avant, avant elle, Solange. Le petit garçon appartient à la photo comme l'objet pendu à côté appartient au mur, et un autre encore au manteau de la cheminée. Aux questions il est répondu que l'objet du mur est une bassinoire, on s'en servait autrefois quand il n'y avait pas de chauffage. On remplissait le truc de braises et grâce au long manche on *bassinait* les lits. L'objet de la cheminée est une longue-vue, elle appartenait à un arrière-grand-père qui était marin au long cours.

*

« Aller à la kermesse toute seule. Tu veux me dire l'âge que tu as ? Toute seule. Avec les voitures qui prennent le virage n'importe comment. Et quelle robe ? Ben voyons. Les chiens rouges. À dix heures du soir. Tu sais ce qui arrive aux filles qui vont à la kermesse toutes seules avec une robe à chiens rouges à dix heures du soir ? Non je ne dormais pas. Pourquoi ils ne m'ont pas téléphoné, tes parents ? Comme si ça les gênait d'autres fois. »

Monsieur Bihotz est rouge, immense et chancelant, mais dès qu'il s'approche trop près de ça, de ses parents, il recule. Son museau a touché une clôture électrique. Il se calme.

« Viens me voir », il la serre très fort et il pose sa grosse tête dans son cou, en se pliant. Il a son air « mystique », c'est le mot de Rose quand les gens prennent un air qu'elle juge ridicule, avalé par le ciel, décroché des « vraies réalités ». Et il regarde le jardin en silence, comme s'ils étaient les seuls survivants sur la Terre. Comme s'il ne restait du village que leur maison, et de l'humanité qu'eux deux.

*

Qu'est-ce qui était pire, aller ou ne pas aller à la kermesse, risquer le coup, espérer qu'ils aient d'autres chats à fouetter, d'autres chiens à battre, plutôt que rester dans sa chambre, dans les barreaux du soleil rouge, dans les flonflons assourdis sous les volets, dix heures du soir au mois de juin ?

Elle essaie de tenir son journal, comme Rose. Rose lui a même offert un carnet Hallmark pour son anniversaire. Mais c'est fastidieux. La vie est ennuyeuse. Pourtant il ne faut pas oublier sa jeunesse, dit Rose, pas oublier ce qu'on a été et devenir des vieux cons.

Alors peut-être enregistrer. C'est le magnétophone sur lequel son père a essayé d'apprendre l'anglais. Elle appuie sur Record :

J'ai eu la permission d'aller à la kermesse. Il était dix heures du soir et il faisait chaud. J'ai mis ma robe avec les petits chiens rouges. J'ai fait de l'auto tamponneuse avec Rose et Christian. Rose est ma meilleure amie. Christian et moi on est amoureux. Personne ne le sait sauf Rose. Il y avait beaucoup de monde de l'école mais personne ne m'a

Elle hésite à dire « fait chier ».

ne m'a embêtée. J'ai décidé de tenir ce journal tous les jours à partir d'aujourd'hui. Signé Solange. Top secret.

Elle appuie sur Pause. La bande émet un son infime, comme si elle geignait sous l'effort.

Elle la relâche.

Merde à celui qui écoutera.

Elle appuie sur Rewind. Sur Play. La bande tourne avec un léger *chchch* :

« Il était dix heures du soir et il faisait chaud. »

Une voix plaintive et maniérée. Comme celle de sa mère. Pas sa voix.

Rose lui explique que le crâne fait caisse de résonance et que la voix dans la tête n'est pas la voix que les autres entendent.

Il lui semble confusément que ça explique des choses.

*

Dans la voiture de son père il y a des magazines, des *Jours de France* et des *Lui.* Garée devant une maison au bout d'un chemin, avec les feuilles des peupliers qui font *poc poc* sur la carrosserie, elle entre dans une forêt de femmes nues. Elles ont entre les jambes toujours la même rigole, sauf que ça lui fait un autre effet que celle de Peggy Salami. Les femmes la regardent droit dans les yeux, les doigts dans la rigole, les jambes bien écartées. Certaines ont des poils, d'autres pas (comme elle), ou presque pas (comme elle). Elle attrape deux mots, *haletante et cambrée,* un peu difficiles mais immédiatement efficaces. Le regard des femmes, et leurs doigts, et quoi d'autre — la surprise, l'envie de faire pipi depuis qu'elle est dans la voiture, la compagnie de toutes ces femmes, ces femmes comme elle, elle est comme ces femmes, elle plonge la main dans son petit jean et frotte, vite, sèchement, regardée par ces femmes et *haletante et cambrée* et le soulagement est immédiat, et quelque chose de mouillé gagne ses doigts, c'est bizarre, elle n'a quand même pas fait pipi.

*

Les Russes ont envahi l'Afghanistan. Sa mère achète des kilos de sucre et de farine, et des cubis. « C'est reparti comme en 62 », dit Georges, venu goûter le rosé. « La baie des Cochons ? » demande sa mère. « Non, quelle cruche (dit son père), la Crise des missiles, mais tu as acheté du sucre les deux fois. »

Elle regarde la terrasse, et au-delà, chez Monsieur Bihotz, le hangar, les poules et au-delà encore le petit bois. À la place, une vallée d'obsidienne. Elle a lu ça dans un livre de science-fiction. Comme du verre noir. L'obsidienne recouvre tous les reliefs : les maisons, le hangar, et le trou de la mare asséchée, et les troncs pétrifiés. La montée vers le bourg, en obsidienne, et le clocher, l'école, et les gens aussi, en obsidienne.

Les missiles quittent l'Union soviétique et volent en ce moment même vers le village. Georges et son père boivent du rosé et sa mère débarrasse avec sa raideur offensée. Monsieur Bihotz doit regarder la télévision et tous les autres sont aussi rangés dans leur maison, les neuf fils Lavinasse, et les six enfants Boursenave, et Raphaël Bidegarraï, et Rose et sa famille rangée dans la maison de Rose. Et tout va se vitrifier.

Et le temps que les Américains envoient leurs propres missiles, ils seront détruits à leur tour, et les Russes n'existeront plus alors que leurs missiles volent encore, comme ces étoiles disparues qui brillent toujours dans le ciel. Et la Terre entière sera comme le village, fondue sous une lave qui refroidit en verre noir. Et si un extraterrestre vient, il mettra du temps à reconnaître dans le verre ce qui a été vivant, en quantité infiniment plus petite que toute cette matière dans laquelle ils seront pris, minuscules abeilles dans l'ambre.

Et sa mère crie qu'elle l'aide à débarrasser la table, mais si elle cesse de visualiser le jardin d'obsidienne, ça arrivera. Et ils mourront tous, ses parents, Monsieur Bihotz, Rose et Raphaël et tout le monde, statues de verre noir.

*

« **Accouplement** n.m. Action d'accoupler ou de s'accoupler. || Rapprochement entre deux individus de la même espèce animale, nécessaire à la reproduction. (V. *encycl.*) || Dispositif permettant de grouper deux ou plusieurs éléments de machine. ENCYCL. L'*accouplement* reste inconnu de nombreux animaux marins (oursins, poissons osseux) mais il est indispensable à toutes les espèces qui se reproduisent hors de l'eau (insectes, vertébrés supérieurs). On le rencontre même chez les individus hermaphrodites (escargot, ver de terre). »

C'est dans les premières pages du *Nouveau Larousse universel*, juste après **accoudoir** (*l'accoudoir d'un prie-Dieu, d'une rambarde*) et avant **accourir** (*ses amis sont accourus pour le féliciter*). Ce dictionnaire date d'un an avant sa naissance, comme si ses parents avaient eu eux aussi besoin d'y recourir pour comprendre quelque chose aux séparations eau/terre, végétal/animal, homme/femme, mort/vivant : aux cycles du zoo.

« **Sexe** [sɛks] n.m. (lat. *sexus*, de *secare*, couper). Chacune des deux formes adultes complémentaires, dont l'union assure la reproduction. (V. tableau REPRODUCTION et *encycl.*) || Organe de la génération. || *Le sexe faible, le beau sexe*, les femmes. || *Le sexe fort*, les hommes, ENCYCL. La différence entre les sexes peut être quasi nulle (champignons, algues, oursins, divers poissons, pigeons) ou soulignée par des *caractères sexuels secondaires* plus ou moins accentués (bois du cerf, ergot du coq, mandibules du lucane). Parfois la femelle garde un aspect larvaire (ver luisant) ou, au contraire, c'est le mâle qui est nain (poisson *ceratias*). Chez les papillons notamment, une grande diversité d'aspect peut exister. Dans les espèces hermaphrodites (escargots, lombrics) tous les individus sont à la fois mâle et femelle. L'organe qui élabore le gamète fécondant (testicule des animaux, étamines des plantes) est dit "mâle". L'organe qui élabore le gamète fécondé (ovaire des animaux, pistil des plantes) est dit "femelle". »

Le tableau **REPRODUCTION**, en face de la planche **REPTILES**, montre, en noir et blanc, un couple de poissons, une colonie de pucerons, des algues collées, et un intéressant bonnet charnu, gras et luisant, plein de plis s'ouvrant autour d'un nœud gonflé : un **accouplement** (de limaces). Dans un coin on lit un encart AUTOFÉCONDATION (« très rare : épine-vinette, ténia »).

Il n'y a rien du tout à **pédé**, au moment où sa mère ouvre la porte de sa chambre pour y apporter du linge.

Épine-vinette n.f. Arbrisseau épineux à fleurs jaunes et baies rouges (famille des berbéridacées).

Quant au **ténia** c'est franchement dégoûtant.

Sa mère sort.

Entre **péninsule** et **pénitence** se trouve « **pénis** [penis] n.m. Organe d'accouplement mâle », qui renvoie à « **verge** [vɛrʒe] n.f. Tringle de métal ||

baguette garnie d'argent, insigne des bedeaux || instrument de correction formé d'une baguette flexible. || Organe de la copulation chez le mâle. (La verge, cylindrique, se termine par le gland, où s'ouvre le méat urinaire.) [Syn. PÉNIS.] || *Mar.* Partie droite d'une ancre qui réunit l'organe au point de jonction des pattes et qui est traversée par le jas. »

Il n'y a rien à bite sauf avec deux t, « **bitte** n.f. (du scandin. *biti*), pièce de bois ou de métal fixée sur le pont d'un navire et sur laquelle sont tournées les amarres ». Et **gland** ne parle que du chêne, dont il est l'akène, enchâssé dans une cupule.

*

Tout n'était pas absolument perdu. Il restait des gens qui ne la trouvaient pas irrémédiablement tarée. Avant l'irruption de la bite, la kermesse avait été, plutôt, un succès. Entraînée par Rose elle avait pu monter à l'arrière de l'auto tamponneuse de Christian. La musique et les lumières hurlaient et tournoyaient, on avait le corps projeté dans tous les sens, Rose assise à l'avant tombait sur Christian et la lumière tombait dans les yeux et ça cognait dans le cœur et dans le ventre et il faisait très chaud et tout tournait. « Range tes mains ! » hurlait Rose.

Ensuite elle les avait suivis au stand de tir, on n'a pas le droit de tirer avant douze ans mais Rose fait grande, elle a déjà des seins. Un petit ballon blanc tremble dans une cage. On dirait un fantôme terrorisé. Ça explose dans les oreilles et le ballon disparaît.

Ensuite ils prennent chacun une barbe à papa et il leur reste deux francs et quarante-cinq centimes et son père montre sa bite.

Elle court dans la descente vers le lotissement. La musique s'évanouit. Elle a mal au ventre mais ses jambes courent sans elle, courent plus vite qu'elle. Il fait nuit, la Lune éclaire en blanc. Il n'y a pas de vent, les arbres se tiennent immobiles, ombres découpées, et des milliers d'yeux la regardent.

Quelqu'un est assis sur la terrasse. C'est la copine de Georges. Elle dort, basculée en arrière. Un camembert s'est entièrement répandu sur la table et, c'est très bizarre, une grosse goutte pend au-dessus de ses genoux.

L'air chaud est comme un volume exactement ajusté. Chaises, table, bouteilles de vin et copine de Georges, arbres, maison, lotissement : il n'y a plus de mouvement possible. Elle seule parvient à se déplacer, lentement, à actionner son thorax pour reprendre son souffle.

Toutes les portes sont ouvertes. Dans la chambre de ses parents, une lampe de chevet est tombée, il fait une chaleur jaune et sombre. Sa mère est tout habillée sur le lit, le visage dans l'oreiller. Apparemment, elle ne dort pas, parce que sa tête roule sous ses cheveux et elle dit :

« Tu as vu ton père ? »

Oui.

« Il était avec quelqu'un ? »

Avec Georges.

Le visage de sa mère est rouge et gonflé.

« Georges et c'est tout ? »

Oui.

Sa mère tend la main.

« Qu'est-ce que tu as fait à tes cheveux ? »

« Tu as coupé tes cheveux ? »

Elle tire un peu dessus comme pour les allonger.

« Tu sais combien de temps ça met à repousser, les cheveux ? Un centimètre par mois. Enfin tu fais ce que tu veux. Ce ne sont pas mes cheveux. »

« Et ta robe ? Tu as vu ta robe ? »

Le long de l'ourlet de petits chiens rouges, il y a des traces sombres. Sur le blanc immaculé, d'autres petits chiens rouges.

La tête de sa mère retombe dans l'oreiller. Un seul grand coup sonne au clocher du village.

« Tu es sûre qu'il n'y avait que Georges ? »

Oui.

À la lumière électrique, sa culotte aussi est pleine de traces sombres, et le papier toilette vient avec des taches, très rouges celles-là.

« Pousse-toi », dit une voix. C'est la copine de Georges, devant elle, gigantesque, qui vomit d'un coup dans les toilettes.

Son grand corps est plié coudes aux genoux et elle a le nez sur les petits chiens.

« Tu as du sang là », hoquette-t-elle.

Les autos tamponneuses ont dû casser quelque chose dans son ventre.

*

« En CM2. Et plate comme une limande », dit sa mère à la copine de Georges. Buvant du café entre les coquilles d'huîtres. Le jus a coulé sur le carrelage. « Je n'aurais jamais dû prendre blanc » (à propos du carrelage).

Elle n'est pas si plate que ça. Comparée à Nathalie par exemple. En mettant la main en coupelle, le téton arrive au creux de la paume. En se penchant en avant, le sein la remplit presque entièrement, mais est-ce que ça vaut ?

Pourquoi les coqs n'ont pas de mains ? (Devinette de Raphaël.) Parce que les poules n'ont pas de seins.

Mais « poule » veut aussi dire femme et la même chose que « pute ». Et « chatte » désigne ce qu'elles ont entre les jambes.

À la piscine Raphaël lui a attrapé les seins par-derrière, elle s'est débattue mais il ne lâchait pas. Il s'est vanté ensuite à ses copains.

La copine de Georges et sa mère discutent entre les monceaux de coquilles et il ne s'agit, apparemment, ni de Georges ni de son père, mais d'elle. Du fait qu'elles n'ont pas de *serviettes* et que tout est encore fermé. Du coton, ça risque de glisser, mais un tampon ça paraît difficile. Non ?

La copine de Georges est d'avis que non. Difficile pourquoi ?

« On voit que ce n'est pas ta fille, dit sa mère. En CM2. Il ne manquait que ça. Le tableau est complet. »

Elle fume en contemplant la terrasse comme un horizon atomisé.

« La voilà une femme », dit la copine de Georges.

Sa mère grogne.

« Et une femme quand un abruti se la fera ? et quand elle aura un môme ? On n'arrête pas de devenir une femme. Moi j'arrêterais bien. »

« Ou un gant de toilette ? » suggère la copine de Georges.

*

Elle est assise à l'ombre avec un *Boule et Bill.* Il fait déjà chaud. Le plateau de la terrasse tourne lentement. Les coquilles d'huîtres puent. Le jus colle sous les pieds.

« Va nous chercher de l'aspirine ! » crie sa mère.

Se déplier fait bouger le gant dans la culotte, au fond du jean. Ça gratte.

« De notre temps, dit la copine de Georges en la voyant tout engoncée, on mettait des sortes de couches dans des culottes en caoutchouc. Je ne plaisante pas. »

Les deux femmes regardent fondre les comprimés dans les verres.

C'est comme si la maison allait rester sale pour toujours.

*

Son père et elle partent en mission pour la pharmacie. (Quand il a fini par réapparaître, il avait tous ses habits sur lui.)

La copine de Georges a vomi hier soir.

« Pas possible ? Je dis toujours à ta mère, on ne mange pas d'huîtres les mois sans R. »

Mai, juin, juillet, août. Juillet et août ont tous les deux 31 jours, poings mis côte à côte, la phalange qui dépasse.

Papa, tu sais faire ça ?

Mains claquées, majeur croisé contre majeur, on tourne autour de l'axe en un seul doigt bizarre.

« Je conduis, grand poulet. »

La pharmacie de garde est près de la base nautique. Il faut sonner et se faire ouvrir. Sur la vitrine est écrit : ICI ON PREND VOTRE TENSION.

« Ça vous regarde plus que moi », dit son père à la pharmacienne avec un clin d'œil.

« Qu'est-ce qu'il vous faut, mademoiselle. »

Le mot tampon lui vient mais elle sait que ce n'est pas ça. Tampon c'est pour sa mère et la copine de Georges. Le mot qu'elle cherche est banal, genre assiette, suivi d'un mot plus compliqué, académique ou gymnastique.

Il y a une affiche avec un écorché qui boit un sirop pour la constipation. Une flèche verte lui descend tout droit à travers les tripes, sans suivre les boucles des intestins.

« Un paquet de Vania », finit par dire son père.

« Vania, nous ne faisons pas. Ruby ? »

« Va pour Ruby. Comme ça elle pourra jouer au rugby. Hein ? »

Il lui donne une bourrade.

Elle a *déjà vécu cette scène.* C'est l'effet de la honte mais aussi la bourrade, et la pharmacienne, et Ruby, et rugby : elle a déjà vu cette pharmacie, et elle s'en souviendra toute sa vie, ça y est, elle en est sûre, ce moment ici entre son père et la pharmacienne, ce moment qui revient elle s'en souviendra. Un trou est percé dans le temps. Le passé et le futur sont raccordés comme la bouche et l'anus de l'écorché — une greffe monstrueuse, qui court-circuite les virages du présent.

Et son père se croit obligé de plaisanter longuement avec la dame. Sa politesse à lui. Sa façon de parler.

Elle voudrait demander, elle aimerait oser, avoir accès aux toilettes, se changer, mettre la *serviette hygiénique*. Elle oscille d'une jambe sur l'autre mais le gant adhère d'un côté.

Quand elle s'assoit dans la voiture, un afflux chaud mouille sa culotte.

Il faut encore passer acheter des fleurs. Son père fait des gestes larges et parle fort et le fleuriste empile dans le coffre tout ce qui reste de sa boutique : des roses rouges et jaunes, des arums, des machins colorés et même des glaïeuls.

« Ne fais pas cette tête, on dirait ta mère. On n'a qu'une vie, mon poulet. »

*

Est-ce que Lulu a ça aussi ? Elle se rappelle obscurément une histoire de culottes pour chien. Pour chienne.

Il pleut. Le sol fume et s'ouvre sous les gouttes. Chaque goutte libère l'odeur qui appartient à l'herbe, l'odeur qui appartient au goudron. Si une averse l'attrapait sur le chemin de l'école, comment courir, avec ce paquet collant entre les jambes ? Le monde déploie ses formes, ses bruits, ses couleurs, mais elle est séparée, dans une boîte en verre.

« Hé bé, viens me tenir chaud », appelle Monsieur Bihotz.

Dans le lit avec Monsieur Bihotz ça continue, la sensation du verre. Les bonnes grosses odeurs, le grand corps de Monsieur Bihotz — le contraste est glaçant.

Elle s'écarte de lui. Il l'attrape d'une patte, comme un ours pêche un saumon. Elle s'écarte à nouveau.

Les espèces de têtards contenus dans la bite des hommes rampent sur les draps comme ils nagent dans l'eau des piscines, et ils entrent dans les filles. Ils remontent le sang et ça fait des bébés.

Monsieur Bihotz semble l'ignorer donc c'est à elle de faire attention.

Pourtant lui aussi a de ces moments où il se contorsionne à l'extrême bord du lit. De ces moments où il s'enroule dans sa robe de chambre en disant : « Je me drape dans ma dignité. »

Quand elle le retrouve dans la cuisine, armé du moulin à café, la tête sous l'abat-jour, ceinturé dans son peignoir, elle se dit que la distance qu'elle vient de mettre entre elle et lui, c'est la même distance qu'il manifeste parfois, comme si lui aussi, à sa façon, se gardait de quelque chose.

*

Sur la bite de Monsieur Bihotz il n'y a pas tatoué MN, ni MAMAN, ni merde à qui que ce soit. Il n'y a rien tatoué du tout.

Quand elle était petite et que Madame Bihotz la baignait, il venait toujours faire pipi. Il fait pipi sur les hortensias, aussi, il dit que ça les rend bleus.

Il a deux bites. Celle pour faire pipi, et l'autre. L'autre est beaucoup plus grande, couleur crête de dindon, comme les cannas.

Monsieur Bihotz peut passer des journées entières au lit. Pas de la même façon que sa mère à elle, qui gémit quand on ouvre la porte et à qui il faut un silence absolu et le noir pour ses migraines.

Lui, ses volets sont fermés mais la lampe reste allumée et il lit le journal, ou il écoute la radio, ou il met carrément AC/DC à fond, ou il reste sans rien faire et il boit beaucoup de café. Quand ça dure trop, il lui dit : « J'ai ma crise de café. »

Un jour de crise de café, Monsieur Bihotz était posé sur son lit avec ses journaux autour de lui, sa robe de chambre était ouverte et il tenait sa grande bite rouge dans la main.

Ils se sont regardés un temps qui lui a paru long, mais tant qu'elle regardait ses yeux, elle ne regardait pas sa main. Le visage de Monsieur Bihotz était de plus en plus mélancolique et pensif. Puis il s'est remballé dans sa robe de chambre et tourné sur le côté et il s'est mis à gémir, un peu comme sa mère.

*

Sous la douche l'eau coule rouge. De temps en temps surgit un petit tortillon noir, qui semble vivant, pris dans le courant.

Une serviette maxi-plus pour la nuit. « Ça coule plus fort la nuit », a dit sa mère.

L'avion de papa fait ronfler ses moteurs sur la piste. Elle connaît le bruit par cœur. Une voix de plus en plus aiguë, et qui tiendrait la note, fort. L'avion passe juste au-dessus de la maison. C'est son père qui lui dit bonne nuit, les week-ends où il ne dort pas là. Il dévie sa route exprès pour elle. Les lumières traversent le ciel noir, elles clignotent à travers les nuages. Elles les éclairent, puis disparaissent.

Elle avance dans le couloir sans allumer, en posant bien ses pieds pour éviter les lignes du carrelage.

Elle ouvre doucement la chambre de sa mère.

Elle recule parce que la couleur est étrange. Ça scintille comme une poudre dans l'obscurité.

Le papier brillant des bouquets. Sa mère a rassemblé les fleurs sur son lit, et on dirait qu'elle est morte.

Elle prend des pots de confiture vides et les remplit d'eau, et puis elle laisse tomber, il y en a trop, c'est complètement idiot, toutes ces fleurs que son père a achetées.

*

« Tu verras sans doute la fin des animaux, lui dit son père. Il n'y aura plus que les animaux utiles. Comestibles ou décoratifs. Survivront les rats et les moustiques. Et les mouettes. »

Il pointe une Dunhill dégoûtée vers ce qui bouge encore sur le lac.

« Les mouettes, c'est increvable. Ça respire n'importe quel air, ça flotte sur n'importe quelle eau, ça mange n'importe quoi. Ça s'adapte même à Clèves, c'est dire. »

« Moi je voulais vivre au bord de la mer. Mais ta mère ne voulait pas, à cause de l'air marin qui fait rouiller les volets. »

« Ce qui restera au bout du bout, c'est les cafards. Leur carapace est un abri antiatomique. Ils peuvent survivre sans eau et sans manger. La planète sera peuplée de cafards qui ramperont dans un désert. Et tu sais quoi ? Ça ne changera pas grand-chose. »

« Je vais te dire, mon poulet. Il y a assez de bombes dans les silos pour détruire toute la planète. Il y a actuellement dans la seule RFA mille fois plus de force de feu que tout ce qui a pété pendant la Seconde Guerre mondiale. De quoi faire bouger la Terre sur son axe. Les dinosaures ont bien disparu. Mais nous, ce sera de notre faute. La première fois depuis l'apparition de la vie qu'on assistera à une totale autodestruction, non seulement de l'espèce, mais de son espace. »

Il rallume une Dunhill en contemplant le lac.

« Ma grosse fille. Mon gentil poulet. »

Sa voix montante, la voix nerveuse. Il lui attrape le cou, et lui coince la tête sous son menton râpeux.

« Aussi bien, tu vois, sous ce lac, il y a un silo. Pas un silo à maïs, hein. Longtemps je me suis dit que je les verrais, d'en haut. On ne voit pas les dessins des Mayas, quand on est collé au sol comme une vache. Mais dès qu'on vole, on voit leurs pistes d'atterrissage. Tous les petits bouts qu'on ne distinguait pas au sol. Je me disais que je verrais les silos, d'avion. Mais je ne les ai jamais vus. »

Aussi bien (dit-elle) *il y a un silo sous l'école. Ou sous notre maison.*

Le lac s'ouvrait dans un geyser et un long missile en sortait lentement, lourdement, tournoyant sur lui-même.

Il tirait de longues bouffées grésillantes. Un claquement humide, une inspiration, puis un long souffle. Une vague blanche qui disparaissait dans sa bouche et réapparaissait, plus pâle.

Monsieur Bihotz aussi il aime les animaux.

Il avait toujours le même geste urgent, la même grimace brûlée quand il lâchait le mégot.

« Qu'est-ce que tu racontes, gros poulet. Monsieur Bihotz il aime son chien. »

Il aime les hérissons. Et les canards.

« Moi je n'aime pas les animaux. Tu comprends ce que je dis ? Mais ils existent. Ils sont là. EN VRAI. Pas comme des chiens-chiens ou des poules. Pas comme des domestiques. »

« Est-ce que je peux t'apprendre UNE chose dans la vie ? Est-ce que tu peux m'écouter ? M'écouter en vrai ? Monsieur Bihotz, c'est juste une mémère à chien-chien. Comme sa mère. Il a pris la suite. »

Il sortait de la voiture et marchait au bord du lac. Elle n'osait pas le suivre.

Il n'allait pas mettre Lulu à la SPA, ruminait-elle.

Il marchait au bord du lac comme dans un aéroport, entouré d'une foule invisible, seul à avoir un but précis, seul à être nécessaire. Les sourcils froncés, le regard fixe, en décalage horaire définitif. Un adulte plus qu'adulte.

Elle avait envie de pleurer.

Il revenait dans l'auto.

« Une baleine, une seule, on ne va pas la pleurer. On ne va pas la mettre au cimetière. Il faudrait faire un trou grand comme la mère Bihotz. »

Elle consentait à rire.

« Mais toutes les baleines. Une planète avec seulement des vaches en batterie et des abattoirs. »

Elle se rapproche, le nez sous ses côtes, là où ça respire. La fumée entre et sort sur les battements de cœur, une grande machine savante et mystérieuse. Elle se sent presque à l'abri et elle somnole, fatiguée.

*

« C'est une petite femme maintenant », dit son père à Georges.

Georges la regarde. C'est rare quand les grands ne savent pas quoi dire, ou plutôt c'est normal — il n'y a pas de conversation possible — mais là c'est un silence qu'elle connaît.

« Eh oui », dit encore son père en la regardant spécialement lui aussi.

Georges la regarde au niveau des seins. Les pointes la brûlent. Comme si deux yeux s'ouvraient dans sa poitrine, mais péniblement, aveugles et offerts à la vue.

Ils en grillent une avant d'y aller et rigolent à voix basse mais apparemment ce n'est pas d'elle (son père dit que la pharmacienne est *chaude*).

Est-ce que toutes les femmes ont ça ? Sa mère, elle sait que oui, de quoi dire « putain » quand la jupe est tachée — elle mouille vite le tissu à l'eau froide et pose dessus un comprimé d'aspirine effervescent. C'est un *truc* : les bulles dissolvent le sang. (« Un cachet à faire du sang », disait la mère Bihotz.)

« Quand j'ai eu ça la première fois, j'étais pliée en deux de douleur », lui a dit sa mère.

« Pour les garçons non plus ce n'est pas facile », lui a dit son père.

Est-ce que leur bite pèle ? Elle a entendu parler d'un garçon qu'il a fallu opérer. Peut-être que c'est comme un serpent : la peau ne grandit pas et tombe à mesure, et parfois les mues restent collées ?

Peut-être qu'au fond de leur slip ils trouvent des bouts de peau saignante ?

L'idée que c'est difficile aussi pour les garçons aide un peu. Sinon la rage est trop forte.

Elle marche en serrant les jambes. Une douleur mauve fait des éclats dans les yeux. La serviette hygiénique gratte, se coince. Il est absolument impossible de penser à autre chose.

Son père lui a parlé d'une Anne Chopinet major de l'École polytechnique. Et d'une Jacqueline Dubut qui est la première femme pilote. Une collègue à lui.

« Toi aussi plus tard tu pourras être pilote. »

Est-ce que Jacqueline Dubut a ça ? Comment peut-elle se concentrer sur le pilotage ? Est-ce qu'Anne Chopinet avait ça en défilant sur les

Champs-Élysées, porteuse du drapeau devant tout le monde, une serviette entre les jambes ?

Qu'est-ce que le maître peut comprendre à ça ? Aller à l'école avec du sang collé là, à ne pas savoir quand ça s'arrêtera (parce qu'elle a compris maintenant : ça ne s'arrêtera pas).

*

« Je ne l'ai jamais vu avec une fille, jamais. Et je te parle depuis qu'on s'est installés, quand la petite est née et qu'il était encore en CAP. »

Son père boit du rosé avec Georges sur la terrasse. Elle dessine des fleurs sur la bouteille embuée. Les gouttes coulent en longues tiges verticales.

« Tu prends une mère qui lui lâche pas la grappe, au garçon. Tu peux être sûr d'en faire un pédé. Et si elle meurt, c'est vissé. »

« Je vais te dire (dit Georges), pédé ou pas pédé, ton Bihotz, il est pas clair. »

« C'est pas une maladie, être pédé. C'est pas non plus qu'on naît avec. C'est de l'ordre de la nuance. Si tu veux le fond de ma pensée (son père continue à expliquer) : les pédés sont superbons, rayon enfants. Qu'est-ce que tu veux qu'il lui fasse, à ma fille ? Il lui a changé ses couches, comme il les changeait à sa mère. À supposer qu'il lui voie la chatte, à ma fille, tout ce qu'il verra, c'est une fente dégoûtante. »

*

Anatomiquement il y a quelque chose de logique, elle le conçoit, sa raison ne s'y oppose pas, quand elle réfléchit ça donne ça : les hommes ont un bout qui dépasse, les filles ont un trou. L'un dans l'autre, ça doit rentrer.

Dans *Une vie*, de Maupassant, il est écrit : « Une souffrance aiguë la déchira soudain ; et elle se mit à gémir, tordue dans ses bras, pendant qu'il la possédait violemment. »

C'est la mère de Rose qui leur fait lire ça. André Sallenave dit que c'est par le nombril mais c'est complètement débile. Sauf que d'après ce qu'elle a vu, genre dans les vieux tableaux, ça ne rentrera jamais. En tout cas pas chez elle. Ça doit faire un mal de chien, et il est hors de question qu'elle se fasse *posséder*. On possède un objet ou une maison, toute sa raison vient à son secours.

Elle frotte la phrase dans tous les sens, « il la possédait violemment », et quelque chose bascule dans son cerveau et s'électrise : tout ce qu'elle a entre les jambes se tend vers la possession du monde.

*

Concepción fait une boum, une boum de fin d'année.

Les volets sont tirés et la musique est très forte et la mère de Concepción fume dans la cuisine et sa fille lui crie dessus en espagnol (apparemment, qu'il faut qu'elle arrête de venir au salon). Dans les canapés tout le monde s'embrasse.

La musique dit : *tout le monde doit aimer un jour, poum poum poum, tout le monde doit aimer un jour.* Elle non. Ça ne lui arrivera jamais. Personne ne l'embrassera. Elle ne sortira jamais avec personne. *Poum poum poum.*

Il y a Raphaël Bidegarraï et Nathalie qui s'embrassent, avec la langue, comme s'ils se mangeaient des limaces dans la bouche. Concepción et un des fils Lavinasse. Il y a même deux petits de CM1. Rose et Christian ne s'embrassent pas mais ils sont assis côte à côte et ils parlent. Et tous les autres dansent en tournant lentement, bras autour des tailles, têtes dans les cous.

Elle est debout près du tourne-disque et elle oscille d'un pied sur l'autre. La musique est irrésistible, mais mieux vaudrait s'en empêcher, mieux vaudrait boire un dixième verre de jus d'orange que de danser toute seule avec l'homme invisible.

La bite de son père, c'est de ça dont ils parlent en ce moment, tout ce monde-là se chuchotant dans les cheveux. La bite de son père plantée comme son nez au milieu de la figure.

Le monde tourne autour de cette bite, microsillon par microsillon. *Tout le monde doit aimer un jour*, en spirale autour du petit ergot au centre du tourne-disque, *tout le monde, tout le monde*, personne ne la regarde mais tout le monde y pense. Le petit ergot entre dans ses rétines et recouvre le point blanc, bondissant, impossible, de la bite de son père à la kermesse à minuit moins le quart sous le clocher, sur la musique flonflonnante, *tout le monde, tout le monde sauf toi.*

Il n'y aurait plus que l'exil ou la disparition, loin de ce village absurde posé absurdement à cet endroit de la croûte terrestre et qui tourne, en ce moment même. Loin de ce corps absurde dont personne ne voudrait même si elle le mettait en vente, même si elle le troquait contre un corps de chien personne n'en voudrait même pour lancer la balle.

*

« Monsieur et Madame Culé ont un fils, comment s'appelle-t-il ? Roland. Rhô l'enculé ! »

Raphaël Bidegarraï raconte et Roland Boursenave rit tellement que son visage est tout plissé, ses yeux comme un chat furieux.

« Pédé ! » hoquette Roland.

« Va te faire foutre ! Va te faire enculer ! »

Il y a aussi cette chanson, la dernière fois c'était à la kermesse : *Quand j'avance tu recules comment veux-tu comment veux-tu que je t'encule.*

Qu'est-ce que c'est enculer ?

Monsieur Bihotz est en train de biner le coin sous les cannas, là où la mousse repousse quoi qu'il fasse, une vraie mousse de l'espace, qu'il la bêche, qu'il la brûle, qu'il l'ébouillante, qu'il la couvre de sel, d'acide, de bicarbonate ou de désherbants.

Dans le *Nouveau Larousse universel* il n'y a qu'un trou entre **encroûter** et **encuver**.

« C'est un mot très grossier », explique Monsieur Bihotz.

Ce qu'elle aurait obtenu de ses parents.

« Surtout dans la bouche d'une jeune fille », ajoute-t-il.

Jusque-là, il parlait d'elle en disant « une petite fille ».

Elle se souvient d'un conte où des perles au lieu de mots roulaient de la bouche d'une princesse. Elle sent sur sa langue les petites billes dures, comme des noyaux de cerise, *pout, pout,* entre les lèvres.

Elle s'assoit sur ses genoux pour qu'il la fasse sauter à dada.

Aujourd'hui il dit : « Arrête. »

Qu'est-ce que ça veut dire enculé.

« Arrête. »

Elle lui met les bras autour du cou, en faisant attention à ses dents, au jeu carnivore de ses dents.

Mais Monsieur Bihotz se lève, il est lourd et fort, elle manque tomber. Il va dans sa chambre et elle pense qu'il va faire une crise de café mais non, il ressort, avec un petit bilboquet à la main.

Il tient délicatement la boule entre le pouce et l'index, un œuf prêt à se briser.

« Ça c'est ton cul », explique-t-il.

Il envoie la boule en l'air, et d'un seul coup d'un seul, elle se plante sur la pique.

*

Parfois les chiens lui collent leur museau entre les jambes. Elle les repousse, la main sur leur petit crâne dur. Ils sont comme des enfants plus jeunes, inoffensifs et un peu fous.

Un jour d'été de plus dans la montée du bourg, il y a un attroupement de chiens. Ils vont et viennent comme si la route était à eux. Ils arpentent un monde sans humains, un monde à quatre pattes et oreilles mobiles. Elle est invisible et inodore, elle les appelle mais ils n'ont plus de nom. Elle est juste un obstacle entre eux et ce qu'il y a sous un arbre, là.

Sous l'arbre il y a Lulu. Sur Lulu il y a le Grand Jaune. D'autres chiens veulent monter sur Lulu mais le Grand Jaune grogne et fait claquer ses dents. Tous halètent et gémissent. La plupart ont sous le corps une bite rouge luisante. Le cercle des chiens qui vont et viennent, et le Grand Jaune qui ne cesse pas, et les halètements et les langues et les pattes raclées au sol et sur Lulu, et partout les mêmes yeux fixes et brillants. Lulu geint et ses pattes arrière cèdent, elle s'assoit et ne cesse de se relever, le Grand Jaune est plus grand qu'elle et les chiens plus petits essaient avec leurs plus petites bites, et Lulu a cet air de vouloir et de ne pas vouloir, emportée dans le halètement par quelque chose qui a pris toute la place et se loge dans leurs yeux à tous, comme un énorme œil sous l'arbre.

Elle leur jette des cailloux. Elle leur donne des coups de pied. Elle crie mais rien ne se passe, ils continuent à être les chiens, sans elle, avec ce quelque chose dans l'arbre qui les soulève et les couvre, quelque chose d'effroyablement adulte, ancien, quelque chose qui n'est plus du jeu.

Dans la maison de Rose, derrière la haie, il y a tout ce qui n'est pas les chiens, il y a les goûters avec les petits pains, de la musique et d'élégantes bottes, il n'y a ni bites ni sang ni poils.

Rose semble vivre dans un autre lotissement, un lotissement parallèle, auquel elle n'a pas accès alors qu'il est là, à portée de voix.

On entend des bruits d'eau. D'énormes éclaboussures et des cris d'été, et le rire bouillonnant de Rose, et la voix suraiguë de garçons de l'école. Le coup de feu des plongeons dans la piscine.

Dans sa maison à elle, le déplacement des ombres, et la clochette de l'entrée qui tinte, sans vent.

*

Elle a mal et ça ne passe pas, sa mère prend rendez-vous chez sa gynécologue.

Des kilomètres de maïs mûr. Une publicité avec une femme qui tient une bouteille entre les seins. La blancheur incandescente des silos de la coop. Les vitres baissées déversent quatre flots d'air torride, qui se nouent autour de leur tête avec fracas.

« C'est la machine qui se met en route », dit la gynécologue. Elle la fait étendre nue sur un lit métallique et écarter les jambes. De se détendre, que c'est un *spéculum pour vierge.* Elle sent une douleur froide et elle veut fermer les jambes mais la gynécologue lui dit que l'examen est bientôt fini, ouh que c'est étroit tout ça.

En rédigeant l'ordonnance elle parle avec sa mère de l'arrivée des estivants. De la copine de Georges qui attend un enfant.

Sur la promenade sa mère loue deux chaises longues. Elles s'allongent, sa mère en bikini et elle en bermuda. L'année dernière elle faisait des châteaux en contrebas sur le sable.

Sa mère a mis ses lunettes noires, le regard et la bouche tendus vers l'invisible. Lumière aveuglante. Les hôtels et les casinos découpent le ciel en grandes gommettes bleues.

Elle met ses Vuarnet, un cadeau de son père. Les cabines rouge et blanc, la bande de sable, les corps, la mer.

Des garçons sautent du muret avec leur planche de surf sous le bras. Jambes moulées de noir, torse musclé, longs cheveux blonds, des créatures d'une autre espèce, des êtres inatteignables, l'air qu'ils respirent n'est pas l'air qu'elle peine à faire entrer dans sa poitrine.

Les femmes sur la plage, dans leurs corps si divers, est-ce qu'elles ont ça ? Pas maintenant, pas tout de suite (ou avec un tampon, peut-être), mais en général, dans leur vie ? Est-il possible que les femmes aient ça, et que tout le monde fasse comme si de rien n'était ?

Ça doit être dangereux, le sang, avec les requins. De toute façon il ne faut pas se baigner, parce que l'eau salée déclenche des hémorragies.

Je peux avoir une glace ?

Sa mère se tourne vers elle. « Désormais, tout ce que tu manges va s'accumuler sur tes hanches. »

Et elle se renfonce d'un coup dans son transat ; avec la même énergie désespérée elle baisse les bretelles de son haut de maillot, pour ne pas avoir de marques.

L'horizon est vide. Ni aileron, ni jet de baleine, ni tentacule géant. Pourtant, en ce moment, dans ce même océan, dans ces mêmes molécules d'eau, des bêtes inouïes coexistent avec les baigneurs.

Elle renverse à son tour la tête dans le ciel.

Son transat tournoie vers la pastille jaune du soleil. Quelque chose se défait et se refait, superposant des ciels au ciel, quelque chose qui la précipite lentement dans le vide.

Le temps fait un long ruban bleu, ondulé, avec de larges rayures pour les années à venir — le collège, la sixième, la cinquième, la quatrième — qui s'amincissent vers le lycée et deviennent pâles et floues vers le marqueur de l'an 2000. Puis les rayures sont plus fines encore, de moins en moins nettes : un ciel cotonneux, infini.

*

Elle regarde un western avec Monsieur Bihotz.

Une squaw est ligotée dans la poussière. Des chevaux l'évitent de justesse, montés par des cowboys chapeautés et hurlants. Les cordes autour de son corps mince sont enroulées serré sur sa robe à franges.

Elle voudrait pouvoir arrêter l'image, la fixer en photographie et la posséder toujours, la regarder quand elle est seule.

La squaw a été hissée sur un cheval, le cow-boy tape à grands plats de main sur la croupe, ya-ha !

Il faudrait pouvoir arrêter, non la télé, mais ce galop en elle, ce cheval qui prend de la vitesse et s'abat, s'abat sans fin. Répondre à ça, à cet emportement.

Ou peut-être que ça parle plutôt de Christian. Dans un numéro de *Jour de France*, il y a un dessin d'une dame allongée et on peut lire : « Rêvant à lui, un trouble délicieux l'envahit. » C'est exactement ça. Rêvant à Christian, un trouble délicieux l'envahit. Elle peut rester très longtemps rêvant à Christian.

À comment elle se promènera avec Christian. À comment sera leur maison (avec une cheminée). Aux prénoms de leurs enfants (Coralie, Aurélie, Athéna, Jennifer). Elle se love contre lui, le bras autour de la taille, la tête dans le creux de son oreiller, enlaçant tendrement son polochon.

Elle frotte sa paume à plat juste au-dessous de ce qui est dur, là où s'arrête son squelette et où commence un millefeuille de chair molle, épaisse et chaude. Elle reste au bord. Elle ne s'enfonce pas et surtout pas ces derniers temps quand il y avait le sang. Elle frotte, par petits cercles. Un nœud gonfle et se serre, un mécanisme qui se remonte simplement, efficacement, à la jonction des os et de la chair, comme si sa charpente osseuse était faite pour porter, au centre, ce bourgeonnement de cœurs charnus. Des images passent, la squaw sur le cheval, et une femme nue, à genoux, dans le catalogue *France Loisirs* de sa mère à la page « adultes ». La pression devient presque insupportable, elle se retient au maximum pour la laisser éclater d'un coup — ensuite, c'est un engourdissement familier. Elle s'essuie dans le drap et se laisse emporter par une image de cheval.

*

Rose l'invite à la plage avec ses trois cousines de Paris.

Elle a retrouvé la sensation reposante de n'être enveloppée que de peau, sèche et fiable jusque dans les plis, un sac clos qui se déplace avec le corps et qu'on peut baigner dans la mer, qu'on peut dénuder au soleil.

Les deux mères ont baissé la voix de façon alarmante. Elle en jurerait, elles parlent de ça, et la mère de Rose lui jette un regard attendri et inquiet.

En fait il y a un problème de voiture. C'est qu'avec cinq jeunes filles : Rose et sa mère et les trois cousines, et elle en plus : boum, c'est trop pour la R16.

« Je vais demander au fils Bihotz, il est si serviable, le fils Bihotz résout tous nos problèmes. »

Les phrases de sa mère patinent sur le monde. Elle semble se livrer, là, dans l'étroit magasin, à un petit ballet suivi de quelques acrobaties.

« Dans la fourgonnette de Monsieur Bihotz, comme ce sera amusant ! » chante la mère de Rose, qui se révèle aussi championne de patinage, catégorie internationale dans ses bottes rouges.

Elles ont eu beau être prêtes à onze heures (dix heures maximum, avait dit Monsieur Bihotz), la plage ressemble déjà au couvre-lit de la mère Bihotz : petits carrés de couleurs au touche-touche. « Combien de temps avons-nous mis, Monsieur Bihotz ? »

Monsieur Bihotz préfère rester sur la promenade. « Venez avec nous, insiste la mère de Rose, plus on est de fous. » Elle désigne du doigt l'espace minuscule où elle compte les caser.

« Heureusement qu'il y a maman pour nous emmener à la plage », dit Rose (et elles font ce truc gênant, elle et sa mère, de s'embrasser sur la bouche, un bécot).

« Nous (dit une cousine, la grande, ça doit être Sixtine) on n'a pas la mer, mais on a la Seine. »

Quand mon père pilote l'avion pour Paris, il va manger le soir aux Champs-Élysées.

« Tu es mignonne », lui dit la mère de Rose, d'un drôle de ton, comme pour l'excuser.

« Mon père, il est radiologue, dit Meredith. Vous avez une piscine ? »

Les trois Parisiennes ont étalé des paréos, Rose et sa mère des nattes, elle son drap de bain Snoopy. Monsieur Bihotz a sorti une horrible serviette à fleurs, celle qui était au lavabo du bas. Elle a beau se mettre le plus loin possible de lui, c'est peut-être une question de matériau, de tissu éponge, mais il lui semble qu'elle *sent* comme lui.

Il a mis son short bleu et gardé son tee-shirt, ce qui est bienvenu. Il transpire abondamment, et sa petite serviette dépasse à peine sous ses fesses, comme un papier buvard. Elle évite de regarder dans sa direction.

Les triangles sur la poitrine de Rose sont plus gonflés qu'elle ne l'aurait cru. Quant à Sixtine, qui a gardé son corsaire et porte un très joli haut de maillot, elle a presque autant de seins que la mère de Rose, mais elle est en cinquième. Rose soulève son élastique sur la fesse pour comparer les bronzages. Sixtine enduit ses sœurs de la nouvelle « Ambre Solaire totale ». Elle dit que le monoï ne sert à rien qu'à sentir la noix de coco. « La noix de coco, la noix de coco ! » crie Alma en hurlant de rire, mais elle est en CE2. « Il faut que ça pèle, contredit la mère de Rose, ça habitue la peau. » Elle défait son haut de maillot pour faire du monokini.

Monsieur Bihotz hisse sa grande masse, le plus droit possible pour ne déborder sur personne, et il prononce une phrase inaudible. Alors elle la redit pour lui, comme si elle traduisait : *il va s'acheter une glace.* Monsieur Bihotz devient très rouge et redit sa phrase plus fort, trop fort, on dirait qu'il s'adresse à la plage tout entière, au point que les voisins soulèvent la tête :

« Je vais acheter des glaces. »

« Pas pour moi, dit Sixtine. Méré, Alma, une glace ? »

« Comme c'est gentil, Monsieur Bihotz, se précipite la mère de Rose, attendez, mon porte-monnaie. »

Mais Monsieur Bihotz a sa tête d'empereur romain, il est déjà tout short devant à enjamber les nattes, il faut lui crier les parfums. Deux boules vanille pour la mère de Rose. Abricot-poire pour Alma. Cerise-nougat pour Méré. Réglisse s'il n'y a pas nougat.

Elle le suit en courant. Pistache-chocolat pour Rose. Pour elle, la même chose.

Ça va vous coûter une fortune.

Déjà que c'est lui qui a payé l'essence.

« Tu parleras de ça quand tu auras ton propre argent. »

Il ne se dirige pas vers l'*Espace Ice-cream*, mais vers le camion Lopez. Monsieur Lopez le reconnaît et les fait passer devant les estivants. Ils bavardent. Il fait beau. « Vous êtes venus tous les deux ? » Monsieur Bihotz tend le bras dans le vague, mais Monsieur Lopez les voit, voit les quatre cousines et la mère de Rose. Il ne s'emmerde pas, Bibi (apparemment c'est le surnom de Monsieur Bihotz).

Bibi prend des italiennes vanille-fraise pour tout le monde (sauf pour la mère de Rose, double vanille). Le temps de réenjamber la foule, les sept cornets coulent déjà. Il faut s'arrêter pour lécher, vite vite. Et ils rient comme à la maison, comme s'ils étaient seuls sous le soleil, comme s'il était par exemple son grand frère (se dit-elle), et pas ce yéti mal assorti.

« C'est divin ici », dit Sixtine en refusant sa glace. « Vous avez tout sur place. À Paris il faut faire des kilomètres pour avoir les meilleures glaces, et puis encore des kilomètres pour les meilleurs thés. Ici tout est dans la même rue, non ? Vous avez un Cacharel ? »

La mère de Rose propose un bain, mais Sixtine dit, avec une moue modeste et blessée, qu'elle est indisposée. L'annonce est accueillie par un silence respectueux. La mère de Rose se lève. Elle sautille parce que le sable est bouillant. Elle a des seins ronds et blancs comme deux boules vanille, marqués de plis roses par la natte en raphia.

« Vous venez avec nous Monsieur Bihotz ? »

Monsieur Bihotz fait non de la tête et oui des pieds.

« Mais vous pouvez vous baigner, vous, Monsieur Bihotz ? »

Rose et les cousines éclatent d'un fou rire effaré.

La mère de Rose part tout droit d'un crawl impeccable, plongeant sous les rouleaux comme si l'océan n'était qu'un embarras ridicule entre elle et l'Amérique, jaillissant toujours plus loin, libérée de ses bottes, qui puent, là, sous le soleil. Rose et Sixtine chuchotent, cheveux dans les cheveux. Monsieur Bihotz s'est tourné sur le ventre, bras collés aux flancs, ses pieds volumineux au ras des fesses de Rose. Distribuant au mieux son grand corps il occupe, le plus succinctement possible, son cinq milliardième de croûte terrestre : ici, du sable brûlant.

Elle voudrait partir tout droit, comme la mère de Rose, dans l'élément liquide. Elle voudrait croire qu'il y a entre la mer et elle un pacte sublime qui exclut le reste de l'humanité. Pourtant (hormis le fait qu'elle sait à peine nager) il lui semble qu'elle doit sauver Monsieur Bihotz, ici, côté plage. Quelque chose entre les pointes de ce triangle, Rose, Sixtine et Monsieur Bihotz, l'appelle, de toute urgence.

Il a cet air absent de ses crises de café. Agité d'un très léger tremblement, comme s'il se retenait de bouger.

Rose et Sixtine sont rouges de rire mal contenu. Sixtine ne dit rien, et quand Rose se lance, elle se cache dans son paréo.

« Il bande », souffle Rose, et elle veut s'enfouir à son tour dans sa natte en raphia, mais c'est moins efficace.

Sixtine chuchote une histoire qui lui est arrivée dans le métro — à l'adresse de Rose, mais on entend malgré la mer et les cris des enfants — d'un homme collé à elle et elle ne savait pas si c'était son *attaché-case* ou autre chose de dur, c'est le problème des transports en commun. Elle s'est plainte à sa mère qui depuis l'emmène partout en voiture. « C'est dégoûtant, compatit Rose, c'est ignoble, quelle horreur, jamais de ma vie je ne prendrai le métro ! »

« Monsieur Bilost ! appelle soudain Sixtine. Monsieur Bilost ! »

Monsieur Bihotz tord la tête.

« Monsieur Bilost, vous ne voulez pas jouer au beach-volley avec nous ? »

Rose regarde Sixtine comme si elle était merveilleusement folle.

Mais sa mère revient, s'emparant d'un tee-shirt pour s'essuyer sommairement. Ses dents extrêmement blanches renvoient l'éclat du soleil sous ses tresses à la Bo Derek. Elle fait un signe mouillé à un maître nageur.

Monsieur Bihotz va se baigner, finalement. Tout seul.

Au retour, elles somnolent, casées dans l'ombre surchauffée de la fourgonnette. Le soleil cogne les rétroviseurs et deux taches de lumière carrée rebondissent sur les parois.

« Vous avez quoi comme musique ? » demande la mère de Rose, allongée sur Monsieur Bihotz à fourrager dans les cassettes et se cognant en riant et hurlant « LES FILLES ON VOIT LES PYRÉNÉES » sur fond de *cherche ton bonheur partout refuse ce monde égoï-iste.*

« Comme ils sont beaux, ces silos (continue-t-elle), typiques de l'architecture de l'entre-deux-guerres, voyez ce toit en escalier, c'est tout le mouvement des coopératives, le bâtiment lui-même exprime l'espoir, la cohésion. »

Le soleil glisse de rétroviseur en rétroviseur, paysage, route, ciel, Pyrénées tournoyant lentement dans l'habitacle, crête de lumière dentelée miroitant avec les virages, éclairant le front de la mère de Rose et devenant ce front, ces yeux, puis les laissant dans l'ombre alors que s'allument ses cuisses et la boîte à gants et tout le pare-brise et plusieurs visages en reflet, les deux petites cousines endormies au fond, Rose rêveuse, Sixtine contrariée parce qu'il fait trop chaud, la mère de Rose enchantée par une pensée soudaine, Monsieur Bihotz dont les lèvres remuent sur la chanson — et quelqu'un, visage jeune, rond, rouge, d'une fille assise au milieu, étonnée et scrutant, épaules fines et maillot bleu sur deux tétons pointus, cherchant dans le rétroviseur entre les six autres visages qui peut bien être là dans la fourgonnette, là en plus, en plus d'elles six et de Monsieur Bihotz, jusqu'à ce qu'une lame de lumière plein ouest pulvérise l'image et qu'elle comprenne — son maillot bleu, ses petits seins, son visage, Solange, elle Solange, moi dans le rétroviseur à m'appeler Solange et à revenir de la plage dans mon corps de dix ans, moi sous les Pyrénées à attendre l'avenir.

II

LE FAIRE

Quelques étés après, le même été recommencé. Avec des seins un peu plus gros.

Nathalie lui dit que Raphaël veut la doigter. Est-ce qu'elle doit accepter ?

Je ne sais pas si tu dois (répond-elle au hasard).

Elles jouent au Master Mind. Le soleil est campagnard, jaune et vert, sans issue.

Elle voit des doigts gluants, des doigts dressés comme font les garçons qui s'insultent.

Rester cool. Ne pas avoir l'air coincée.

« Tu crois qu'on reste vierge après ? » insiste Nathalie.

Donner un avis. Un doigt, c'est plus petit qu'une bite, non ?

Nathalie lui a apporté des cookies faits maison. Ses ongles sont noirs de chocolat. Plutôt mourir que d'en manger.

« C'est que je mouille », avoue sa pâtissière de copine.

Elle qui a déjà fait tellement de trucs cool, embrassé avec la langue et laissé toucher ses seins et tout.

Mouiller, ça veut *aussi* dire avoir peur ?

Et combien y a-t-il de trous en tout ? Est-ce qu'on peut entrer dans tous, au bout du compte ? Est-ce que les *garçons* entrent dans tous ? Et est-ce qu'ils mouillent aussi, les garçons ?

*

Au lavoir transformé en fontaine, un groupe de pèlerins de Saint-Jacques boivent avec leur coquille.

Pourquoi, alors que son père vole jusqu'à Paris, pourquoi faut-il habiter ici ?

Le langage est suspendu au-dessus de la maison comme un nuage. Il suffirait d'un mot pour que s'abatte une catastrophe, un désastre, un Boeing en morceaux.

Mais c'est très joli, Clèves (dit son père). Son château du XVIIIe. Ses maisons à colombage. Sa base nautique, ses planches à voile. Ses gâteaux aux marrons. Son magasin d'étains. Sa statue de la Vierge. Son rocher touristique sur lequel on peut grimper.

Sa pharmacienne, ajoute quelqu'un — personne, impossible. C'est la voix dans sa tête qui dit les choses amassées dans le nuage.

Sous les arceaux il y a Christian sur sa mobylette, Rose et Sixtine, Nathalie et Delphine (celle qui habite au château), et Raphaël Bidegarraï. Raphaël fume une cigarette, ce qui est plutôt gonflé en plein village. Il a une fine moustache noire et des boutons. Christian le charrie parce qu'il sort avec Peggy Salami.

« Un trou est un trou et ma bite a pas d'œil », se défend-il.

Sixtine porte un 501 avec une ceinture militaire sous un tee-shirt XXL dont elle a roulé les manches ; comme si son petit corps avait dû faire avec de vieux vêtements masculins d'où sortent, d'autant plus gracieux, ses minces bras bronzés. Ses ballerines, sous l'ourlet élimé, lui font des pieds inexistants. Une fille tout en jambes, qui marcherait sur des ailes : pas d'orteils, pas d'ongles, pas de poids. Et elle, en jogging, à vélo, avec ses grosses baskets qui ne sont même pas des Stan Smith…

Selon Rose, Sixtine l'a fait. Est-ce que c'est ça, qui se voit ? Quelque chose dans son corps, dans son attitude ? C'est sans doute l'inverse : c'est *parce qu'*elle a cette allure, cette classe, qu'elle a pu le faire.

Les pèlerins sont hypnotisés. Sûr qu'ils ne la regardent pas, elle, rougeaude, villageoise — ou à la dérobée — qu'est-ce qu'il a ce vieux type ? Elle a un truc sur le nez ? Un peu plus il la prendrait en photo, proposant les étains de sa mère et bouffant du gâteau aux marrons.

« Ça donne chaud, le vélo », lui lance-t-il devant tout le monde.

Elle devient écarlate. C'est la honte, la grosse honte.

Et plus loin, alors qu'elle a mis pied à terre dans le raidillon où il y a toujours des chiens, qui voit-elle, l'autre allumé avec sa coquille Vivagel, et pour se donner une contenance elle se met à les caresser.

« Tu es gentille avec les chiens, dit le pèlerin, et moi, tu ne veux pas être gentille avec moi ? »

Elle se précipite vers chez Monsieur Bihotz, tant pis pour la fierté.

*

Rose aussi l'a fait. En Angleterre. Avec un type, tu connais pas. Elle refuse de lui donner les détails, une question de pudeur, nous sommes comme des sœurs, mais à Nathalie elle a dit, qui le lui répète, qu'elle serrait les dents en attendant que ça s'arrête. Qu'au début ça ne voulait pas entrer. Puis c'est entré d'un coup et là, horrible. Comme si on lui déchirait l'intérieur. Ensuite il y avait du sang partout. Tellement qu'il a fallu qu'elle coure jusqu'aux douches, emballée dans une serviette, et ça PISSAIT le sang. Sa bite à lui était pleine de sang aussi. Il s'est nettoyé et il lui a dit à travers la porte que ça allait, que ce n'était pas lui qui saignait. Elle a saigné comme ça pendant deux jours sans oser rien dire à personne. Puis ça s'est arrêté mais elle avait encore mal. Elle s'est demandé si elle devait aller à l'hôpital se faire mettre des points ou quelque chose, mais en Angleterre, comment parler de ça.

« Rose elle doit être frigide », estime Nathalie.

D'après Concepción, si on est amoureuse on a moins mal. Et d'après Delphine, si on a des règles peu abondantes, on ne saigne pas ou quasi pas.

*

Le correspondant anglais de Rose s'appelle Terry et il est là pour quinze jours.

C'est une créature de l'espace. Il mesure vingt centimètres de plus que tout le village, et il a les cheveux si blonds, les yeux si clairs, qu'on le prendrait pour un visiteur du *Village des damnés*.

Elle s'entraîne à dire *Terry*, le T mouillé, le r très doux. *Terry*, elle laisse filer l'air entre les deux syllabes, avec le plus de douceur et d'élégance possible, sur un i final à peine esquissé. Elle s'entraîne devant le miroir, *Terry*. Ensuite elle dit *Christian*.

Terry. *Christian*.

Comment choisir ? *Non, Terry, non,* murmure-t-elle dans le miroir en refusant ses baisers. Puis tenant longuement la main de Christian et souffrant avec lui de ce choix impossible. Elle embrasse son reflet, c'est *Christian,* c'est *Terry.* Elle embrasse le dos de sa main, plus chaud, plus réaliste, l'intérieur de son bras, avec la langue, en s'entourant la taille de l'autre bras.

Elle a la permission de minuit et demi, pour la kermesse (demi-heure négociée à condition qu'elle reste constamment avec Rose et Nathalie). Elle a fait croire à sa mère qu'elle dort chez Monsieur Bihotz, et à Monsieur Bihotz qu'elle va dormir chez elle.

Rose laisse Terry marcher trois pas devant. Elle lève théâtralement les yeux au ciel : « Il est très beau, mais qu'est-ce qu'il est collant ! » Il se retourne sur leur rire : « Excouse-moi ? »

Elles rient tellement qu'elles sont obligées de s'arrêter sous un platane. Sous le platane il y a un type qui fume et qui est au lycée et qui est bassiste et qui fait la bise à Rose et Nathalie.

Elle, elle met les mains dans les poches de son jean. Mais ça fait godiche. Bras ballants c'est encore pire. Elle regarde ses chaussures, sa paire d'été, de La Redoute, marron pour aller avec tout.

Le correspondant anglais est bizarrement attifé lui aussi mais c'est peut-être précisément d'être anglais. S'il a pris l'avion pour venir jusqu'ici, il doit bien pouvoir se payer des chaussures à la mode.

Plus elle le regarde, plus il est beau. Mieux fait, plus *homme* que les garçons d'ici, même s'il paraît timide. Et un visage de cinéma. Comme un air de détresse et de mélancolie.

Elle regarde sa bouche, *Terry*, sa lèvre supérieure. On le croit toujours sur le point de parler, mais non ; cette lèvre ne cesse de frémir — elle est taillée tout droit, sans ce pli des bouches banales —, la voir se tendre ainsi, ombrée de blond, glissant sur des dents impeccables qu'elle couvre et découvre… Elle se fiche de Rose et Nathalie, elle se fiche même du bassiste qui leur parle, elle pourrait rester toujours à regarder la lèvre supérieure du correspondant anglais, de *Terry*.

« Bande de gros pédés », salue Raphaël Bidegarraï à la ronde. « Putain tu deviens bien gaulée, toi » : il veut lui mettre une main aux fesses, pour la saluer personnellement, mais elle fait un bond de côté et Nathalie s'esclaffe : « Tu aurais vu ta tête ! » Quelle tête, quelle tête faisait-elle ? Une tête offensée comme sa mère ? Une tête de mijaurée alors que Raphaël veut juste rigoler, quand on le connaît il est très sympa.

À la piscine en CM2 quand il l'a coincée contre le bord et lui a collé les mains sur les seins et que la surprise l'a paralysée — un bon coup de pied l'aurait dégagée, elle a rejoué la scène mille fois — et c'est ce même Raphaël qui est là devant elle, avec ces mêmes mains — l'une tenant nonchalamment la clope, l'autre dans la poche du jean. Son air appréciateur, son air de spécialiste. Il paraît qu'il sort avec des canons du lycée.

« Qu'est-ce que tu fais ? » lui demande-t-il, levant le menton pour souffler sa fumée.

Elle hésite : ce qu'elle fait au futur (passer en seconde), ou ce qu'elle fait là, au présent, tout de suite, être une fille, à la kermesse, cette même kermesse où son père montrait sa bite — ce qu'elle fait ?

Elle décide de répondre sérieusement, sincèrement (elle a remarqué que dire sincèrement ce qu'on pense donne un air intéressant). Elle se penche un peu vers lui : « Je voudrais sortir avec l'Anglais. »

Raphaël regarde Terry. Puis la regarde.

Il rend son verdict :

« Il faut sortir à son niveau. »

Est-ce qu'il se pense aussi beau que les filles avec qui il sort ?

Il est trop tard pour répliquer.

Tu t'es vu, toi ?

Tu crois qu'il n'y a que la beauté ?

Au niveau de ta connerie ?

Comme quand tu sortais avec Peggy Salami ?

Elle n'a aucun sens de la répartie. Elle est nulle.

*

Christian dit que ça fout le cancer mais finalement il en prend une et Nathalie aussi et elle aussi. Son père l'a déjà fait tirer sur une Dunhill, pour la dégoûter. Elle laisse pendre sa main le long de la couture du jean, fumer elle a fait ça toute sa vie.

Personne ne tousse.

Des enfants les aspergent avec un pistolet à eau, Nathalie leur gueule après. Sur le manège d'autres gosses se disputent l'avion qui monte et qui descend.

Et il se passe cette chose merveilleuse que Terry lui fait comprendre qu'il voudrait lui pawwler.

Ils s'assoient un peu à l'écart. Terry apparemment cherche son courage et ses mots, ce n'est pas facile en fwançais. Des pétards éclatent, il sursaute, ils rient tous les deux. Il lui dit que Wose quelque chose — elle n'entend pas avec tout ce bruit.

Rose est la dernière personne dont elle a envie de parler — mais qu'il parle, lui, tant qu'il veut, que sa lèvre supérieure monte et descende, u prononcé *ou*, souffle tiède que laissent passer ces lèvres qui ne se ferment pas — qu'il parle, qu'il lui parle de Wose qui est cwrouelle et ne le wegarde même pas dans la wou, dans la quoi, dans la rwou.

De grands chocs sourds dans la baraque contre laquelle ils sont adossés, comme des voisins qui protesteraient. De gros voisins. C'est la ménagerie du cirque qui revient chaque kermesse. Elle y est allée petite avec Madame Bihotz, il y avait un vieux lion moquetté du même beige que la chambre de ses parents, un chameau laineux, et une otarie mal à l'aise. Des animaux à ce point déplacés (« qu'est-ce que c'est ce bwoui ? ») qu'ils voient sans doute ce village (« Wose elle te pawle de mwoua ? ») comme une étape une fois de plus décevante dans le grand retour qu'on leur fait miroiter, ni savane, ni steppe, ni désert, ni mer. Il faudrait qu'elle se lance — Wose Wose il n'a que Wose à la bouche —, qu'elle se concentre deux minutes — embrasser un garçon, sortir avec un garçon, lui ou un autre, lui plutôt qu'un autre. Et quoi qu'il arrive ce Terry quittera le village, et quoi qu'il arrive — se dit-elle soudain — elle aussi un jour quittera le village.

De l'air entre dans ses poumons. De l'air de par-dessus la kermesse et le cirque et les nuages, de l'air des steppes et de la Voie lactée.

Est-ce que tu veux sortir avec moi ? lui demande-t-elle nettement et hyper-compréhensiblement, beaucoup plus nettement et compréhensiblement qu'elle ne l'aurait cru (cwou).

« Sowtiw, il répète, woui, sowtiw, bwonne idée. »

Il se déplie de toute sa grandeur britannique, elle tend le cou façon girafe mais il ne se passe rien.

Ils sortent.

Ils sortent de quoi, de la kermesse, du village. Il marche très vite, elle trottine après.

Il lui semble pourtant qu'en anglais aussi on dit *go out* pour embrasser.

Ils dépassent le Gym Tonic. Ils dépassent le Moket'éco. Ils dépassent la casse et la gravière. Le *out* devient gigantesque, le malentendu n'a plus de fin, le *out* se déploie à la sortie du village, englobe les silos, le bois et les collines, s'ouvre sur le ciel noir et l'horizon.

Ils marchent, lui devant, elle derrière. Les prés disparaissent sous une brume grise qui envahit la route et monte à mi-genoux, comme si la planète se vaporisait pour se disperser dans la nuit. Hou hou des hiboux dans les arbres noirs. L'enseigne vert et rose du Milord est en vue, chapeau haut de forme et canne en néons.

Elle se rapproche de lui, en sueur et à grands pas, hou hou : se lover dans ses bras, peut-être ?

ou feindre le malaise, l'hypoglycémie ? Le Milord secoue sa canne et son chapeau. Quelque chose de vivant agite les fourrés, un renard peut-être (un wenaw) ? Elle lui attrape le bras, il trébuche, ils se cognent, « ow, tou t'es fait mal ? ».

Elle abandonne.

On n'a qu'à aller au Milord, décide-t-elle.

L'air de celle qui, comme fumer, a fait ça toute sa vie.

Les filles ne paient pas mais les garçons, si. Elle le laisse se débrouiller avec ça et commande un Malibu-ananas-paille. Très peu de monde. Une piste de danse, vide, avec une boule lumineuse qui tourne.

Il demande oune bièw, oune bièw, *une bière,* elle traduit. C'est grisant d'être dans une boîte. Et d'y être accompagnée, de pouvoir laisser croire aux trois gus qui sont là qu'elle sort avec ce canon. La musique est hyper fort. Elle va dansoter un peu, verre à la main, paille à la bouche. Le carrelage s'allume comme dans la vidéo de *Billie Jean.*

« Comment tu t'appelles ? »

Un type s'approche en rythme.

Charlotte.

Son prénom préféré depuis quelques semaines.

« Hein ? »

Charlotte !

Tiré d'une chanson qu'elle adore. Au collège dans les toilettes elle se crêpe les cheveux comme le chanteur, et Nathalie se met même du khôl noir sous les yeux, comme lui.

« Dur dur comme prénom ! Et tu es d'où ? »

De Clèves !

« Et tu n'es pas à la kermesse ? »

C'est naze !

« C'est naze la kermesse ? »

Oui c'est naze !

Ça le fait rigoler, elle ne sait pas pourquoi.

Il doit avoir dans les vingt-cinq ans. Assez quelconque (dirait sa mère). Mais musclé sous son tee-shirt décoré d'un loup (Monsieur Bihotz a le même). Il est pompier (hurle-t-il), ils sont trois collègues, à enterrer sa vie de garçon.

« Je me marie demain ! »

Félicitations !

La présence de Terry, là, au bar, lui donne le sens de la répartie. Du moins de l'à-propos.

« C'est ton mec ? »

Non !

Le pompier jette un dernier coup d'œil à l'Anglais et hurle à nouveau, au sommet de sa voix :

« Tu m'embrasses, pour fêter ça ? »

Ça y est. Ça va arriver. Si la boîte ne prend pas feu, si Monsieur Bihotz ne surgit pas armé d'une hache ou si son père n'atterrit pas au milieu de la piste, ça y est, elle va *sortir avec un garçon.*

Et peut-être plus, plus loin, parce que deux mains l'attrapent aux fesses, l'attirent vers le loup du tee-shirt, deux mains la hissent fermement sans plus se soucier du rythme de la musique, un visage de plus en plus large tombe vers elle et le loup louche et la bouche touche sa bouche — un contact sec et chaud, un peu rugueux, elle ouvre la bouche et les mains la serrent et un flux stupéfiant lui irradie le sexe, traversant ses fesses et ses reins, sa bouche aussi se liquéfie et sa langue pénètre dans la bouche du grand corps qui répond d'une langue dure et pointue, il n'embrasse pas comme elle voudrait mais aucune importance, le flux emplit tout son corps et une main lâche ses fesses et glisse sous son tee-shirt, la pointe d'un sein est pincée et tirée, le flux gigantesque se met à tournoyer, demande à devenir autre chose de vibrant et rayonnant et ses mains à elle fouillent et attrapent et cherchent et questionnent — « oh Charlotte », dit le grand corps.

Pas extatique, non ; plutôt comme on freine un cheval. « Oh Charlotte », comme une jument.

Elle se reprend. Un peu de tenue. Dansote dans les bras du pompier. Il sent la sueur et la fumée, elle garde dans sa bouche un goût liquoreux. Musique éclatante et carrelage en rythme. Il dit « toi tu en veux » ou « quelle joie tant mieux ». Elle entend mal d'où il s'ensuit qu'ils se déplacent en crabes vers un poteau (« mets-toi là mieux » ?) derrière lequel il fait assez sombre

(« ferme les yeux » ?) et qu'une main du pompier entre dans sa culotte (« t'es comment au pieu » ?) et qu'un doigt de pompier, c'est surprenant, glisse dans son sexe (« ah mais c'est creux » ?). Elle va pouvoir mettre des tampons.

C'est gênant quand même. Elle se tortille pour se dégager, phrases inaudibles, il l'embrasse et s'enfonce plus loin, main collée à son sexe ventousant et mouillé, gênant mais tant pis, si ça lui plaît qu'il ne s'arrête pas — là, comme ça — elle n'ose plus prendre d'initiative alors elle le tient par les épaules, il frotte contre elle la bosse de son jean, il ouvre sa braguette et à ce moment-là commence le toum toum toum de *Billie Jean*.

C'est un signe ! Sa deuxième chanson préférée.

Ils partagent un moment exclusif, son premier baiser sous le signe de Michael Jackson, toum toum toum ! Cette chanson lui fait bouger les pieds et les hanches *irrésistiblement. Je n'y peux rien !* hurle-t-elle en riant, en se dégageant, en dansant, mais il la retient, il la retient vraiment, il crie quelque chose, ça ressemble à « tu te fous de ma gueule ? » (« tu vas rentrer toute seule ? » « c'est une Peugeot ta meule ? ») et sa bite hors de son jean clignote dans l'ombre et la lumière.

Billie Jean she's not my love toum toum toum.

« Je te chewchais pawtout », dit Terry quasi sans accent, « what did you do with that guy, what the fuck did you do with that guy », il la secouerait presque. *C'est un pompier*, plaide-t-elle, que risque-t-on avec un pompier, comment dit-on pompier en anglais.

Est-ce que les gens la regardent ? Est-ce que quelqu'un va se moquer d'elle ? Il n'y a personne sur la piste et quatre ou cinq silhouettes au bar et plus de pompier.

Arbres et champs. Toum toum toum s'affaiblissant, hou hou dans les branches, nuit amortie. La tête encore ponctuée par la ligne de basse. C'est peut-être le Malibu-ananas. Sa culotte refroidit pendant qu'elle trotte après Terry, ça fait un drôle d'effet.

*

Il est au moins trois heures quand ils regagnent le village et ce qui reste de kermesse. Christian est assis contre sa mobylette, paraît-il qu'il a vomi. Rose est rentrée chez elle folle de rage, « la plus mauvaise soirée de sa vie, elle va t'engueuler comme du poisson pourri » (promet Nathalie, qui a le khôl qui coule et dont les parents sont là, à la buvette encore ouverte, avec Georges le copain de papa).

L'orchestre joue *Que je t'aime*, la chanteuse est coiffée comme Boy George. Elle n'a pas envie que Georges la voie (le Georges de ses parents).

Terry a disparu. Nathalie parle avec des types. Des couples dansent lentement. Des grappes de gens flottent. Des arbres oscillent. Des fils pendent aux branches. Le ciel est en tôle découpée. Il devient impossible de rentrer. Impossible d'aller se coucher.

Elle sent les mains du pompier dans ses reins, sa bouche rugueuse et le goût de fumée et ça la prend, là, devant les manèges arrêtés, c'est serré, brûlant, mouillé — la seule évocation des mains et de la bouche, un empoignement entre les jambes. Debout, béante, étourdie, se souvenir d'il y a une heure, se souvenir frénétiquement — le ciel devient gris à l'Est et elle est là-bas, au Milord, collée à ce corps inconnu, il faut y retourner, pas au Milord, pas à cet homme, mais à ça, au centre, au présent, au temps brûlant.

L'orchestre ne joue plus. Les musiciens portent de lourdes caisses noires. Un homme et une femme accrochés l'un à l'autre dansent sur le silence. On a mis des volets à la buvette et son père est là sur une chaise. Pas dans l'avion ni à Paris mais là. Une silhouette féminine est assise sur ses genoux. Ce n'est ni sa mère ni la pharmacienne. C'est la chanteuse qui ressemble à Boy George.

Il essaie de se lever mais il n'y parvient pas. Il crie qu'il rêve. Il crie va te coucher et demande à voix très haute ce qu'elle fout là. Il crie d'où tu viens, qu'est-ce qu'elle fout là dehors à cette heure, d'où elle vient ?

*

Le lendemain midi le monde est ce qu'il a toujours été. Les heures font soixante minutes et sonnent au clocher de l'église, des coups de louche sur la gamelle de Clèves. Un bœuf meugle, l'air jaune prend comme de la gelée. Le thermomètre indique 32°, les horizontales tremblent sur les collines.

Monsieur Bihotz est venu s'enquérir dès huit heures, il proposait d'aller à la pêche. « Il ne te voit pas grandir, dit sa mère (au téléphone, elle est au magasin). Garde les volets bien fermés, que la maison reste fraîche. »

Les lèvres rêches, les mains et ce contact inconnu. *Mon premier baiser,* se répète-t-elle, *mon premier baiser.* Un peu de cet événement inouï se dépose dans ces trois mots, mon premier baiser, mon premier baiser. « Rêvant à lui, un trouble délicieux l'envahit. » Est-ce que c'est ça ? « Elle mouillait comme une chienne », une autre phrase, entendue dans une bouche d'homme dans une kermesse ou une fête ou un bar ou peut-être Georges.

Elle réessaie. Oui, le visage se penche, le tee-shirt avec le loup, et déjà son sexe se serre comme un poing et gicle, elle incline cet homme vers elle à volonté, et tout d'elle, corps et tête et cerveau et moelle et crâne et os, tout est vivant.

*

Elle pose son vélo dans l'herbe, enjambe des orties.

C'est ce moment de l'été, le creux, le fond, où les jours qui viennent sont aussi longs que ceux qui sont passés.

Billie Jean, she's not my love.

La rivière est gonflée d'eau verte. Bombée, comme si une eau plus rapide forçait sous la surface. La terre a un temps de retard, elle reste là, poudreuse, traversée par cette autre matière, cet autre arrangement possible de la matière. Sans le moindre clapot, l'eau passe d'un seul grand bloc sur les plages de vase. Le silence est d'une douceur terrible.

Elle s'allonge sous les arbres, dans un vert d'école primaire, le vert de quand on pense au vert. Elle pourrait rester là, à tomber dans les arbres avec son trop grand corps courbaturé de vélo, je transpire, j'ai chaud — allongée à calmer cette pointe qui la jette dehors, sur les routes, à travers la campagne, impossible de rester dans les maisons — l'incroyable série de gestes et de mots qui mènent derrière le pilier au Milord — avec ce soleil pour rien, quand Rose et qui d'autre sont à la mer ou au bord d'une piscine, quand les villes palpitent avec leurs boîtes de nuit qui sont sans doute autre chose que le Milord — quand Paris et New York palpitent sur la boule à facettes où ce village est le seul point éteint — elle plonge les doigts dans l'eau, enfonce lentement ses mains jusqu'au poignet.

La stupidité de cette vie, la nécessité stupide de ce corps, l'encombrement de tout ça. Elle plonge son visage dans le bol de ses mains, ça sent la roche froide et le fer, l'eau coule entre ses seins, leur forme ridicule. Sa jupe alourdie colle à ses cuisses, et son pubis dessine un Y à l'envers — cette présence insistante, à la fois vide et pleine, avide et engorgée — n'y a-t-il qu'elle à en être si occupée ?

Le monde adulte s'en soucie beaucoup apparemment, et toute l'école depuis toujours, mais quel rapport y a-t-il entre cette solitude enragée qui lui fait tendre nerveusement les jambes dans l'eau froide, et le pipi-caca des braguettes et des fesses et les *pute-pédé-baiser-enculé*, comme si leur slip s'ouvrait par leur bouche ?

*

Son père lui rapporte les échantillons rituels, une barquette de confiture Air Inter et une serviette en papier bleu blanc rouge, et cette fois-ci un petit paquet cadeau : un porte-clefs. Une tour Eiffel qui clignote.

« J'ai un truc à te dire. »

Tout va s'expliquer. Le passé, le présent et l'avenir. Leurs gestes, leurs phrases, tout l'incompréhensible. Rien que d'y penser, ça lui donne envie de pleurer.

(Solange elle est très sensible.)

« Il y a une maladie », lui dit son père.

Et il s'arrête comme pour se dire à lui-même ce qu'il va dire.

Il est en uniforme, il sent l'odeur de toujours, l'odeur de l'air.

Et on dirait soudain qu'il invente, qu'il invente la maladie.

« C'est une maladie qui tue les gens en H. Les Homosexuels, les Haïtiens, les Hémophiles et les Héroïnomanes. »

Elle ne connaît pas la moitié des mots. Homosexuel elle sait, ça veut dire pédé. Pour les filles on dit gouine, mais il n'y en a pas ici (sauf la coiffeuse avec les cheveux très courts et la chaînette à la cheville).

« La vérité, c'est que cette maladie se transmet en baisant. Et tout le monde baise. Tu comprends ? Donc : interdit de baiser. »

Elle a peur qu'il se mette à hurler. Qu'il lui interdise, en hurlant.

« Tu m'entends ? »

Oui.

Il allume une cigarette. Il est très beau. Très grand, avec son uniforme orné d'un badge en forme d'ailes. Les cheveux très courts, gris aux tempes, et le menton (dit sa mère) volontaire.

« Tu me crois ? »

Ben oui.

« C'est idiot. Aiguise un peu ton sens critique. Tu crois vraiment que je peux t'interdire de baiser ? Il n'y a que ta mère pour croire des trucs pareils. Tout le monde baise. Je baise, tu baises, nous baiserons. Tu sais ce que c'est, ça ? »

Il sort un emballage carré de sa poche, un carré sous lequel on distingue un rond.

« Le premier connard qui te dit que ça ne sert à rien, tu me l'envoies et je lui pète la gueule. Tu l'obliges à mettre ça. Tu l'OBLIGES, tu m'entends ? Cette maladie, si tu l'attrapes, c'est la mort dans deux ans. J'ai vu des fosses à ciel ouvert. Pour l'hécatombe. On ne peut les voir que d'avion. Et on a ordre de fermer les volets des hublots. Tu comprends ce que ça veut dire ? Tu vas à la pharmacie, et elle t'en donnera. De ma part. Autant que tu voudras. »

Il lui reprend le carré des mains, et déchire l'enveloppe.

Il se ravise et le lui rend. Ça sent très fort le caoutchouc.

« Tu t'entraînes sur une banane. Et tu l'OBLIGES, tu m'entends ? Interdit de mourir. Compris ? »

*

Je suis sortie avec un pompier, annonce-t-elle à Rose et Concepción.

Elle hésite à dire qu'elle a couché. Ce serait un trop gros mensonge.

Certes ce n'est pas écrit sur le front. Mais il lui semble que ça se voit, chez Rose. *Dépucelée.* Comme une chienne qu'on aurait traitée pour ses puces.

Il y a chez Rose une sorte de raideur. Qui a peut-être toujours été là. Presque un principe, chez certaines filles. Si elle devait en établir la liste, elle dirait : Rose, Concepción, et peut-être Delphine, la fille du château. Pas Nathalie parce qu'elle fait un peu pute.

Par exemple, chez Sixtine, sur la plage il y a trois-quatre ans, quand elle a dit qu'elle était indisposée, cette même raideur, ou cette dignité, avait trouvé sa pleine expression.

Rose. De l'avoir fait, d'être débarrassée (décapsulée, disent les garçons), cette chose qui la tient digne et droite s'est entièrement déployée en elle, comme un grand arbre d'honnêteté et de douleur, une douleur honnête, qui l'a remplie de haut en bas pour devenir femme.

Et elle, Solange, est encore un sac un peu mou, *immature* a écrit la prof principale sur son bulletin. Donc ça se voit, ça se voit à la lumière du jour. Qu'elle ne l'a pas fait. C'est ça qui se voit.

Il paraît qu'il y a dans le vagin une peau très épaisse qui bloque le passage. Ce qui explique la boucherie pour Rose, et d'autres histoires qu'elle a entendues, ou lues dans *Girls Magazine.* Des garçons qui cognaient comme à une porte fermée, et qui défonçaient tout dans des déchirements.

Et aussi des coqs égorgés sur des draps de noce pour les filles *pas vierges* qui ne saignent pas. Mais c'est trop du délire. On croirait des histoires de vampires.

« Un peu d'encre rouge doit bien aller aussi », dit Nathalie.

« Ou se marier quand on est indisposée », dit-elle, Solange.

Tout le monde rit. Elle est étonnée de son succès — elle ne faisait que raisonner tout haut.

« Au contraire, coupe Nathalie, il faut bien calculer que les Anglais débarquent pas. Parce que se traîner toute la journée indisposée à l'église et tout, bonjour l'angoisse, et une tache sur la robe blanche, je vous dis pas la honte. »

Nathalie est revenue d'un week-end à Bordeaux avec « bonjour l'angoisse » et « je vous dis pas ».

« Comment c'est crado d'être indisposée à l'église », renchérit Rose, qui s'essaie elle aussi à des expressions qui lui vont comme sa nouvelle coupe de cheveux : bizarrement.

(C'est le même *balayage* à mèches blondes que Sixtine. Mais sur Rose qui est brune ça fait un peu zèbre.)

« C'est interdit d'entrer indichpochée dans une égliche », affirme Concepción dont le trouble exagère l'accent — personne ne se moque parce que tout le monde se met à avoir un avis. Même Christian.

De traîner avec elles, Christian se fait traiter de pédé : mais *justement* il aime les filles, il le dit avec cet air intéressant des phrases sérieuses. Quand Christian est là c'est grisant d'oser parler de ces choses. Et sauf Concepción qui renonce, les autres ont la tête bien droite, avec un ton comme à la télé.

« Moi mon mari ne me touchera jamais quand je suis indisposée », certifie Rose, avec cette gravité, ce halo tétanisé qu'elle a depuis qu'elle est femme. Il faudrait la prendre au Polaroid pour saisir ce qui l'envahit, comme on voit apparaître les spectres autour des personnes hantées.

Si on pouvait revenir à son histoire de pompier. *Je suis sortie avec un pompier.* Ou *J'ai rencontré un pompier et tout est allé si vite entre nous.* Ou *C'était un pompier expérimenté et un trouble délicieux...* Si Christian pouvait savoir. Les lèvres, les mains, les lumières clignotantes. Le visage immense et penché. Les doigts s'enfonçant... Ses jambes qui la quittent pour fondre loin, pour l'emporter molle et liquide...

Slurp les interrompt pour demander du feu. S'ensuit un autre grand débat (sans pompier décidément).

Jusque-là il semblait clair que Slurp s'appelle Slurp parce qu'elle *suce*. Suce, suce *quoi* — avec un peu de sang-froid, ce n'est pas trop difficile à imaginer. C'est certes incroyable mais pas plus que l'*accouplement*, « ça se fait dans les meilleures familles », affirme même Christian.

Mais la vérité est plus nuancée, comme quoi la vérité n'est jamais exactement ce qu'on croit, la vérité est complexe et pleine d'inattendus, la vérité sur Slurp c'est que pour son dépucelage, avec un joueur de l'équipe de basket, de l'équipe internationale, un de ces types d'Orthez, baraque, très grand (donc sa bite sans doute était très grande ?) — il a failli rester coincé.

Apparemment la peau dans le vagin de Slurp était très épaisse, un vrai cuir. L'international de basket y allait de tout son athlétisme, mais rien à faire. Il eut l'idée de mettre une capote. Ça réussit (grâce à la *lubriquification* des capotes). Mais quand il sortit de là, la capote resta coincée, la peau du vagin faisait joint de plomberie. L'international de basket, d'un geste gynécologique, tira entre pouce et index, et la capote jaillit en faisant slurp.

C'est ce qui l'étonne le plus, Solange, dans cette histoire : cette minutie sur la fin.

Elle s'y voit très bien, avec son pompier. Ça aurait pu lui arriver à elle. À quoi ça tient.

Et comme un livre qu'on comprend mieux en le relisant plus grande (les jeux de mots dans Astérix, ou les scènes de sexe chez Barjavel) elle comprend mieux *slurp* — pas la fille, le bruit. Il la renseigne sur le fait qu'il est normal d'être mouillée. Et sur l'étroitesse des jeunes vagins : la phrase de la gynécologue ne s'appliquait donc pas qu'à elle, ce qui est somme toute rassurant ; mais quand même très inquiétant — enfin elle se comprend. D'ailleurs, le bruit, n'était-ce pas plutôt le gargouillis du sang ?

En tout cas l'opération semble difficile. De là à s'exposer à ce qu'un gros lourd raconte ses exploits partout (car il est invraisemblable que Slurp elle-même ait répandu ce bruit), ça ne peut pas la concerner, ça n'arrive qu'aux filles comme Slurp.

Il faut l'avoir fait, mais discrètement, avec style, sans excès, avec exactement l'air qu'a Sixtine, pas seulement indisposée, mais l'air de tous les jours.

Elle s'entraîne à avoir cette mine, cette démarche un peu blessée.

Depuis qu'elle connaît l'histoire de Slurp, la rivière en est comme salie. Sur les bords sablonneux de cette jolie rivière, on trouve de plus en plus de capotes. La jolie rivière où elle se réfugiait avec sa sensibilité.

*

Sa mère dans la cuisine, radio allumée, un lundi de fermeture, de toute façon ce n'est pas ce que la boutique rapporte. « Tu dois savoir, lui dit-elle (une envie de s'enfuir en se bouchant les oreilles), tu dois savoir que ta mère n'était pas destinée à tenir une boutique, non, ta mère avait d'autres projets dans la vie, j'ai dû sacrifier ce qui me tenait à cœur, n'importe quelle idiote est capable de vendre des bibelots. Solange, pense d'abord à ce que toi, tu veux. À ce que tu veux vraiment. Avant de te marier, Solange. Avant de te marier. »

Sa mère dit toujours « la boutique » pour le magasin, c'est horripilant.

Elle va peut-être partir quelques jours. Elle a besoin de temps pour elle. « Tu m'écoutes ? »

Oui, elle essaie d'être gentille. Ce n'est pas facile pour sa mère, quelque chose n'est pas facile pour sa mère depuis toujours. Mais elle est là-bas, au Milord, où se posent des lèvres, où s'enfoncent des mains. C'est stupéfiant, à la commande : le film se déroule — pas le film : l'instant, le temps, la vie.

Les mains. Les lèvres. Le doigt.

Elle a le sexe déjà chaud, serré, mouillé, il suffirait de se toucher pour que ça vienne. « Ton papa et moi », est en train de dire sa mère — et pour la énième fois elle se demande si ses parents le font, cette histoire de bite dans une chatte, mais ça paraît trop dingue, dans cette cuisine avec Radio Monte-Carlo et la table en formica collante de confiture. « Ton papa et moi » — la bite de son père dans la chatte de sa mère. Bien sûr ils l'ont fait pour elle, au moins une fois (et pour l'autre, celui de la photo). Sauf si elle a été adoptée, mais la ressemblance avec son père est frappante (paraît-il).

La boule à facettes du Milord. La bite clignotante du pompier. Quelle cruche de ne pas avoir pris son numéro de téléphone. Peut-être qu'elle est tombée amoureuse ? Elle veut se donner à lui. Elle pourrait raconter à Rose : je suis tombée amoureuse et je me suis donnée à lui. Et raconter à Christian. Il la posséda violemment. Le chercher par monts et par vaux. Éperdument.

Il suffirait d'appeler les pompiers. Le 18. Ou de retourner au Milord.

Et — c'est un signe — la basse de *Billie Jean* éclate dans la cuisine, couvrant la voix de sa mère. Le souvenir est tellement violent — elle va se réveiller au Milord avec le doigt du pompier là.

« J'aime bien cette chanson », s'interrompt sa mère en claquant des ongles sur le formica — elle serre les jambes sur le *toum toum* moite.

*

Elle a un peu froid dans son tee-shirt à paillettes, mais le vent est doux, c'est la vitesse qui la fait frissonner. Les arbres foncent, humides et pleins de cris, les buissons s'agitent, mulots belettes et hérissons, la forêt entière est vivante.

Et il faudrait qu'elle reste enfermée. C'est n'importe quoi.

Dans la montée elle pédale ferme, quelques voitures, jets de phares, jets de graviers. Il fait très noir. Son père doit réparer sa dynamo depuis toujours, mieux vaudrait demander à Bihotz. Elle passe par-derrière le lavoir pour éviter de croiser du monde. Ça cahote. Elle n'entend que son vélo, carillon dans le silence. Elle se demande si le fils Boursenave, celui qui est bizarre, se promène aussi la nuit.

(Dans ces cas-là, dit Nathalie, il n'y a que le coup de pied dans les couilles. N'avoir aucune hésitation, la fenêtre de tir est étroite.)

Zone artisanale. Hangars. Gym Tonic. Enseigne rouge du Moket'éco. Le Milord est en vue, la voiture qui la suit ne se décide pas à doubler, elle pédale dans les phares, surfant son ombre immense et double, deux Solange à vélo se croisant et se recroisant, route blanche aveuglante, néons roses et verts, virage — elle accélère, ses roues d'ombre nouent des huit et des infinis, voiture toujours derrière, bruit du moteur couvrant entièrement les champs, un buffle dans son garde-boue — il faudrait s'arrêter, faire face, impossible de rien voir, heureusement qu'elle n'est pas en jupe, ça la double, un J7 blanc, et elle entend :

« Tu comptes aller loin comme ça ? »

Merde. Bihotz.

Lâchez-moi Monsieur Bihotz.

Il a l'air d'un fou — *Lâchez-moi !* Mais il attrape son vélo comme un jouet et le balance, *blang*, à l'arrière de la fourgonnette. Il lui arrache son sac d'où tombent sa minijupe et son tube de mascara, *LÂCHEZ-MOI LAISSEZ-MOI FOUTEZ-MOI LA PAIX*, hirsute, découpé, grand et fumigène dans le rouge des feux, il la soulève par un bras et la jette à l'avant, poigne énorme, métallique, une tractopelle, elle un petit paquet pliable et compactable, et : « Qu'est-ce que je vais leur dire, à tes parents, quand on te retrouvera écrasée au beau milieu de la nuit, qu'est-ce que je vais leur dire, quand tu te seras fait kidnapper par un dingue ? »

Elle a le cœur qui cogne. Au rythme vert et rose de l'enseigne du Milord. Éteignant et rallumant le visage hurlant. Elle lui montre son bras, là où il l'a secouée : *C'est moi qui dirai à mes parents, vous avez vu la marque, là ?*

Il conduit très vite. Il ne prend pas le chemin de la maison. Il roule tout droit, lueurs vert et rose s'enfuyant derrière eux, nuit affreuse se rabattant, et elle emportée, pas la moindre faille dans le noir.

Elle est en jogging — le jogging qu'elle a mis soi-disant pour dormir — « c'est plus pratique pour faire le mur, c'est plus pratique pour faire du vélo ? Et ta jupe à ras la chatte, tu l'enfiles où, sur le parking ? ».

Complètement ridicule, elle ne va pas se mettre toute nue sur le parking du Milord, elle a déjà son tee-shirt à paillettes (elle lui montre), et elle comptait mettre sa jupe PUIS enlever son jogging par-dessous.

« Bordel ! »

Il crie d'une voix blanche, monocorde. Et des phrases longues comme la route. Il est navré d'avoir l'oreille fine et des antennes branchées sur ses vibrations. Il regrette la dose de somnifères que s'enfile sa mère pour dormir. Il déplore le métier si prenant de son père, qui doit, n'est-ce pas, voler en ce moment même vers Paris. Il se met à parler comme elle déteste, comme s'il n'avait plus besoin de respirer, comme s'il avait un autre corps, une autre voix. « Inconsciente ! » crie-t-il.

Elle voit le petit périmètre dans lequel ils déplacent leur vie, du bas-bourg au Milord, de la colline au lac. Vus de là-haut, vus des avions, eux les seuls points mouvants sur les routes endormies — « putain ! » crie-t-il.

Elle trouve que quand même il en fait toute une histoire.

Comme la fois où il l'a chopée à regarder le porno de Canal +. Rien que d'y penser. Même en crypté, les images grises et zigzagantes. Les voix, les cris, dans le zonzon du codage. Rien que d'y penser.

Comme si j'étais la première du monde entier à faire le mur.

Il paraît que Delphine, au château, fait le mur (et pourtant il faut vouloir, avec les grandes piques sur la grille tout autour).

Il lui promet qu'un jour on la retrouvera égorgée dans le maïs. Et qu'est-ce qu'il leur dira, à ses parents ? Son petit corps vivant. Le tee-shirt lacéré, paillettes répandues, les traces de la lutte, et sa jupe de pute remontée jusqu'au ventre. Ses cinquante kilos extrêmement précieux. Comme s'il fallait absolument les mouvoir dans l'espace, comme s'il y avait un lien, entre se déplacer sur la croûte terrestre, et quoi finalement, quelle différence avec ce qui agite Lulu deux fois par an, qui la fait gratter sous le grillage au point d'y creuser des tunnels ?

« Quelle différence ? » hurle-t-il.

Il sort du J7 et se tient debout devant l'eau noire, à considérer le vide — et il fume, on dirait son père, en faisant craquer les brins de tabac comme ses petits os à elle.

Si elle sortait tout doucement et se mettait à courir — mais il se retourne déjà, 1-2-3-soleil, sauf que c'est fini tout ça, les jeux, rigoler.

« Quoi ? » demande-t-il comme une brute, comme s'il était, lui, surpris, en faute, et furieux.

Le lac est étalé façon nappe de pétrole, il bouge à peine, un pli épais sur le petit rivage stupide. Elle sent son menton se plisser et sa bouche se tordre, le lac l'aspire et la liquéfie, elle fond en larmes — quelle défaite — *Vous direz rien à mes parents ?* Elle argumente, elle se débat, elle l'attrape, elle le supplie, elle le barbouille de ses larmes, elle est au bord d'avouer, le pompier du Milord, ou de prétendre que Rose, que Nathalie l'attendent — mais il se dégage et — ? — il enlève ses baskets, son bleu et son tee-shirt, et il entre dans l'eau : jambes, fesses, ventre, bras, son grand corps blanc découpe la surface comme une paire de ciseaux, le bouton chevelu de sa tête avance dans le noir, il nage.

Parce que ça, c'est permis, et pas aller au Milord ?

Elle pourrait s'échapper, mais le voilà qui revient, éclaboussures blanches sur l'eau fantastiquement noire, il fonce vers elle en brassant la nuit, une matière lourde, invisible, il crawle le néant.

Et puis il reste là, assis à dégoutter, se mouchant au volant. Il fait des bulles comme un crabe.

« Pardon. Pardon. »

C'est elle, qui devrait pleurer.

Tremblant, trempé.

Elle voudrait dire quelque chose — mais non, elle ne lui pardonne pas, elle ne voit pas comment lui pardonner, de l'empêcher, là, de tout son poids, de faire ce qu'elle veut, et comme s'il s'agissait d'ailleurs de pardonner alors qu'il fait ce que ferait un père, ou un grand frère si elle en avait un, ou même Terry ou le pompier ou n'importe quel homme, non ?

Monsieur Bihotz. Ça va. Arrêtez. Arrêtez ça.

Elle lui met la main sur l'épaule, maladroitement. Il se penche et se couche sur elle, la serrant très fort par les hanches, sa lourde tête enfouie dans ses cuisses et hoquetant. De tout petits baisers crépitent sur le jogging mouillé. Dessous elle a un string à sa mère et elle se tortille, il ne faudrait pas qu'il le voie ou le sente, et les bécots tombent sur son ventre (qu'est-ce qu'ils ont fait du sac avec la minijupe ?) et elle voit bien que sa bite fait encore ce truc, la désignant elle, doigt surdimensionné gros de quel reproche, tee-shirt de pute, traînée, « petite conne », lui a-t-il dit un jour au lavoir avec Christian alors qu'elle ne faisait rien de mal.

Est-ce qu'il demande pardon pour ça aussi, pour quand il parle trop (mais pas plus que son père ou même sa mère, si elle y réfléchit), pour la marque sur le bras (mais qui a déjà disparu), pour la peur qu'il lui a faite, pour l'odeur de sueur, la bite, le gros ventre, ou pardon pour quoi — elle comprendrait plus tard le sens de ce pardon — il la serre trop fort — « Solange, ma Solange, mon soleil, mon seul ange » — pardon de ça, de ce qu'il est précisément en train de dire, et pardon de la serrer trop fort, pardon de pleurer, pardon de te demander pardon — elle tapote sa tête et murmure des sons, *chut, ça va, allez, allons-y*, si elle pouvait elle prendrait le volant, elle le ramènerait à la maison, *à la maison, Monsieur Bihotz.*

*

Il sonne, elle vient à peine de se réveiller, il resonne et veut voir sa mère et ça ne va pas se passer comme ça, *Si vous avez quelque chose à lui dire vous pouvez me le dire à moi*, il l'écarte, elle le précède, elle court, *du café, maman ?*, elle choisit les grains un par un, prends-en du moulu ma chérie j'ai trop mal à la tête.

« Est-ce que tu peux nous laisser », demande, ordonne Bihotz — dans sa propre maison, on rêve. Mais sa mère en est à cette phase entre somnifère et troisième café où la seule idée d'un éclat de voix, d'un conflit — « Je ne peux plus la garder », énonce Bihotz — il va tout déballer.

« Qui ça ? » s'étonne sa mère.

Un très court moment, Monsieur Bihotz et elle font face à cette femme qui semble croire qu'il s'agit de la chienne, de Lulu. Puis le triangle se redéploie, « Solange » — son prénom se répand comme un paquet de farine.

« Je ne peux pas faire sans vous Monsieur Bihotz » : sa mère crie la vérité. Il dit qu'il doit trouver un vrai travail. « Vous n'y pensez pas, Monsieur Bihotz, avec la crise, surtout par ici. »

Et elle, Solange, guette les mots qui décident du sort, *Milord, le mur, Solange cette nuit, tee-shirt à paillettes et minijupe de pute.* Curieusement il y a sur le visage de Monsieur Bihotz, dans ses yeux et sur ses lèvres, comme une hésitation, un doute sur ce récit.

« L'argent ne doit pas être un problème entre nous Monsieur Bihotz » — « Peut-être qu'elle est assez grande pour se garder toute seule » — « Assez grande vous n'y pensez pas » — « Solange dans ta chambre ! »

Elle monte et l'escalier s'enroule, elle a cette vision d'elle montant l'escalier qui s'enroule autour d'elle, et ça continue, la main sur la rampe, le corps qui vire, les yeux qui regardent la main sur la rampe, quelque chose vibre entre elle et les murs comme si elle ne pouvait ni entrer ni sortir, elle est ici, elle va désormais toujours rester ici, sans pouvoir toucher, sentir, ni être quelque part — dans ce corps comme une combinaison de survie — elle ramasse un Playmobil, l'assoit dans le creux de sa main, *clic*, il ne se passe rien, ça dure infiniment, le geste, la main, comme si elle regardait le film d'elle-même se regardant.

Elle entend une voix suppliante, chuchotante, « cette enfant et moi, toute seule, vous comprenez monsieur Bihotz », elle se penche et voit un corps étrange, deux têtes dissymétriques, plusieurs bras, sa mère est contre Monsieur Bihotz, à parler dans son nombril, à répéter « mon mari », pleurante, scandaleuse, liquide et débraillée — il faudrait *faire le mur* pour toujours mais il faut rester, il faut encore rester ici.

*

Une boum a lieu au château, là-haut, chez Delphine. Samedi prochain. Elle n'est pas invitée.

C'est normal qu'elle ne soit pas invitée. Elle connaît à peine Delphine. Mais Rose l'est, invitée, et même les cousines Sixtine et Meredith (pas Alma qui est en stage de chant baroque en Ardèche).

C'est une souffrance presque insupportable.

À rester dans sa chambre, elle se désintègre. Sans yeux qui la regardent, sans témoin qu'elle est là, ses atomes la quittent. Poussières qui flottent aux vitres, un nuage ténu, un voile percé par les rayons.

À vélo au bord de la rivière, le château est là, suspendu, une décalcomanie. Comme s'il n'était pas vrai.

Même les chiens elle ne peut plus les supporter. La façon qu'a Lulu de bondir dès qu'elle arrive, quand elle (Solange) ne sait plus quoi faire, entrer, ne pas entrer, manger, ne pas manger, sortir, dormir, mourir.

Le Tour de France et Bihotz devant sa télé.

« Qu'est-ce qu'il y a ? demande Bihotz. Qu'est-ce que tu as ? »

Elle s'est mise à l'appeler Bihotz, ça le tue.

« Delphine ? La fille Peyreborde, là-haut ? »

« Elle va t'appeler. C'est un oubli. Ma mère y faisait le ménage, au château, et elle t'emmenait. Tu disais qu'il y avait des fantômes. Au mois d'août on mettait des draps blancs sur les fauteuils. »

Et elle est bien forcée de se souvenir avec lui, les images montent. Et il lui parle et il lui fait du bien, ce plouc, ce *hardos* qui écoute Iron Maiden.

Les formes blanches, les fenêtres ouvertes sur un ciel d'arbres vert, brumeux, touffu, la couleur et la pente de ces jours flous. Il y avait une piscine. L'interdiction bleue de s'approcher.

Elle partage ça avec lui et c'est énervant. Ce type qui n'a rien à voir. Cette *anomalie* (elle apprend, en ce moment, des mots nouveaux).

« Mais la fille Peyreborde, ce n'est pas le château (dit-il). Le château c'est les d'Urbide. Les Peyreborde c'est la conciergerie. »

Il prétend connaître ses copines mieux que lui. Et pourquoi pas toute sa vie ? (Non, ce qu'elle a en elle, tout au fond — personne ne peut la comprendre.)

« Mais qu'est-ce que tu as ? gémit Bihotz. Tu n'étais pas comme ça avant. Tu n'es pas obligée de faire la grande. Personne ne nous regarde. »

Il fait une montagne de tout, ça l'énerve. Elle, elle prend sur elle. Quand elle pense que Nathalie lui a dit que Rose pensait qu'elle (Solange) était *perverse*, soi-disant qu'elle se faisait du souci pour elle, mais comme elle (Rose) devait être contente de faire sa belle avec *perverse* ! (Elle a regardé dans le dictionnaire, ça veut dire névrotique quasiment. *Perverse* cette blague, Rose a le melon, c'est tout, elle se croit, elle utilise des mots pour se rendre intéressante, genre elle est le centre du monde.)

« Tu m'écoutes ? dit Bihotz. On dirait la fille dans *L'Exorciste.* Tu vas te mettre à parler à l'envers ou quoi ? »

D'après Nathalie, quand on écoute Iron Maiden à l'envers, ça donne des messages du Diable.

« Téléphone à Delphine. Invite-la à goûter. C'est un malentendu. Cent pour cent malentendu. Tu veux que je l'appelle ? Je connais sa mère. »

Petit il a été giflé par Monsieur d'Urbide parce qu'il ramassait des prunes dans le parc, des prunes tombées à terre, des prunes du château, avec la mère de Delphine...

Ça fait quarante fois que vous me la racontez, changez de disque.

Il décroche le téléphone et il le fait, il appelle au château.

Delphine va venir goûter. Cette vache qui fait une fête sans l'inviter.

Elle choisit attentivement la musique. Jimi Hendrix, c'est classe, personne connaît mais elle écoutait ça avec lui petite, de sorte que Delphine toque au carreau exactement quand la guitare fait des gouttes électriques, une pluie qui la surprend, la grosse Delphine.

Et de quatre à six, finalement elles parlent bien. Évidemment il y a ce vieux réflexe de se faire valoir, il faut trier dans la parlotte, à six heures Delphine doit repartir et il n'a pas encore été question de la fête.

Lui en parler la première, ce serait tout casser, elle a compris maintenant, il y a un certain standing à respecter pour se faire respecter soi-même, même si Delphine n'est pas spécialement le genre de fille qui demande le respect, elle n'est pas du tout *en vue*, enfin elle se comprend. En tout cas il faut en faire beaucoup des expériences comme celle-là, goûter avec des filles vraiment différentes, tu apprends comment sont les gens, tu te construis par rapport à eux, c'est-à-dire que tu apprends qui tu es. Rose et Nathalie, c'est glauque leur manque d'ouverture, c'est du racisme ni plus ni moins. Mais qu'elles ouvrent les yeux, il y a des gens malheureux partout !

Quand même tu as le droit d'organiser des fêtes.

« Non, dit Delphine. Ma mère est une grosse pute. »

Mais la fête, ce samedi ?

« Non, c'est la fille de la patronne. C'est les seules fêtes où ma mère me permet d'aller. La fille d'Urbide me fait la *charité.* Comme ce que j'ai sur le dos, elle me donne ses vieilles fringues. Mais elle est plus mince que moi. »

Tu n'habites pas au château ?

« Si, devant. »

Devant ?

« La maison qui est devant, la conciergerie. »

C'est carrément le gros mensonge !

« J'habite au château, mais devant. »

Toutes ces années tu as dit genre que tu étais la princesse du château.

Delphine dément. Jamais elle n'a prétendu ça.

Mais tu l'as laissé croire.

« S'il y en a qui croyaient, c'est leur problème ».

Depuis la maternelle au moins.

« Comme quand Bidegarraï a dit qu'un parachutiste avait atterri sur le toit de sa maison. Pareil. On était des gosses. »

Elle a toujours visualisé ce parachutiste sur la maison Bidegarraï comme le clocher sur la place du village (il n'y a jamais eu de parachutiste ?).

Aucune importance, revenir à cette histoire de fête, se proposer d'y aller avec Delphine comme si elle lui faisait la *charité*, à elle si godiche, si bizarrement fagotée, si *concierge* (« à l'UCPA, avec des fils de concierge ? » s'était étonnée Sixtine quand Rose y avait fait un stage).

Delphine dotée pourtant d'un étrange aplomb et qui la regarde avec défi (ou pitié ?) :

« Putain, Solange, tu crois qu'il y a encore des gens pour croire que ton père est pilote ? »

Son visage prend feu.

« Ton père est *porteur*, tu crois que je ne sais pas ? Rose l'a vu prendre sa valise quand elle est partie en Angleterre. »

Tout l'oxygène de la pièce disparaît.

Avoir l'air de rien. Avoir l'air de ce qu'elle a toujours été : la fille d'un pilote d'Air Inter et d'une commerçante de Clèves-le-Haut.

*

La fille qui fait la boum s'appelle Lætitia, Lætitia d'Urbide, ça veut dire Joie en latin. Il y a au moins cinquante personnes, même des lycéens et des types de la Côte, et du punch dans des saladiers avec des louches.

Marcher très droite, comme une hôtesse de l'air.

Rose ne paraît pas surprise de la voir. Ni gênée ni rien. Peut-être qu'elle a déjà pas mal bu.

Mais toucher Rose est désormais impossible. Atteindre Rose, être dans le même espace que Rose. Comme si une rivière les séparait : Rose et ses cousines parisiennes et Lætitia d'Urbide sur une rive, Delphine et elle sur l'autre rive. Sur la même rive qu'une Peggy Salami. Avec les bizarres, les ploucs, les concierges, les mal fagotés, les *pervers*, les sales, les qui ont le menton en avant, les familles de dix au bas-bourg, les qui ont la même voiture depuis toujours et ceux qui ont des pneus dans leur jardin. Comme chez les Bihotz. Être cataloguée Bihotz.

Elle se sert une louche de punch, boit d'un trait et se déhanche. *Let's Dance.* Elle connaît les paroles par cœur, apprises sur la pochette chez Rose justement. « Cette petite est douée », avait dit la mère de Rose.

Elle n'ira plus jamais chez Rose. Plus jamais.

Le père de Rose est prof et sa mère est genre monitrice d'arts plastiques, certes ils n'habitent pas un château mais leur maison est carrément classieuse et tellement, comment dire, accueillante.

Elle a l'envie de pleurer.

Let's Dance.

Sa jupe descend, c'est problématique. Elle avait d'abord mis des collants de gym satinés, et bricolé une jupe très courte avec une cagoule en jersey blanc, juste une fine bande dépassant de son pull en V tourné dans le dos, et une ceinture en skaï qui tombe pile-poil sur les hanches, très Madonna, et du spray rose dans les cheveux et ses fausses Docksides. Et puis elle a tout défait (heureusement qu'elle s'y était prise en avance), elle a emprunté la jupe prince-de-galles de sa mère, le polo noir Lacoste à son père, ça fait un chouette ensemble qui tombe droit, *New Wave*, avec ses simili-Docksides et de gros clips blancs pour égayer, et du mascara noir, et elle s'est crêpé les cheveux, beau volume. Mais au bout d'un moment ils tombent. Et la jupe glisse.

Elle a acheté des Kool mentholées et elle repère du Get 27, ça va bien ensemble.

C'est peut-être le mélange avec le punch, mais elle commence à flipper. C'est mauvais, ça, pour faire la fête, pour bien *délirer*.

Elle va aux toilettes pour rouler sa jupe plus serré.

Elle est trop grosse.

Elle prend la résolution solennelle, là, de remplacer un repas par jour par des cigarettes.

Les parents d'Urbide n'ont pas l'air d'être au château. Ils s'appellent *vraiment* d'Urbide, avec apostrophe — « particule je t'encule », dit Delphine qui est horriblement grossière, une vraie poissonnière. La seule adulte à l'horizon est sa mère, tout le temps dans leurs pattes, à ramasser les gobelets. En ce moment même, elle éponge par terre.

Est-ce que Delphine peut faire tout ce qu'elle veut devant sa *grosse pute* de mère ? Ça doit être compliqué. Comme quand Rose avait son père comme prof.

Elle la salue pour ne pas faire snob.

Quelqu'un a mis Sade, voix douce et enrobante, c'est agréable et un peu du mauvais trip s'en va.

« Je me sens moyennement bien », dit Delphine, rouge et plus grosse qu'elle n'avait remarqué. « Tu ne veux pas faire un tour ? »

Là je danse.

« Viens, mon copain m'a filé du shit. »

Le temps d'intégrer ces informations, que Delphine *fume*, et qu'elle a un *copain*.

Le temps de la voir rouler un *trois feuilles*. Sur la terrasse face à la roseraie et aux courts de tennis. Avec la Lune fracassante et blanche. En se servant d'un boîtier de cassette pour le mélange et la coupe.

Tu es tellement introvertie. Pourtant on a bien parlé, la dernière fois. Moi je t'ai tout dit. (Qu'elle sortait avec un pompier.)

Delphine a l'air de s'ennuyer.

« La nourriture et le sexe sont deux choses qui ne devraient pas exister », affirme-t-elle.

Aussi bien, elle l'a déjà fait. La fille de la concierge fume et l'a déjà fait.

« Tu crois que j'ai quoi, devant moi ? » lui demande Delphine en lui passant le joint.

Quoi répondre. Est-ce une vraie question, genre horoscope ? Ou un simple constat : rien ?

Elle tire et c'est bon, meilleur que les Kool, et un peu plus fort comme effet.

« Même toi, reprend Delphine, tu auras plus que moi. Ça se voit tout de suite. La preuve : tu ne vois même pas ce que je veux dire. »

Et sous cet angle, dans la lumière nocturne, devant ce jardin fabuleux, Delphine est presque belle, profonde, inhabituelle (si on laisse de côté le « même toi » et le « même pas », enfin si on laisse de côté ce qu'elle dit).

*

Christian et Rose s'embrassent sur un canapé. C'est horrible.

Être jalouse, ce serait vraiment s'abaisser. Ce serait vraiment perdre du temps pour un sentiment *qui n'en vaut pas la peine*, un sentiment carrément dégradant.

Avoir l'air de rien. Comme les hôtesses de l'air.

Un sentiment dégradant, ni plus ni moins que *dégradant.*

Lætitia aussi embrasse un type. Elle porte une robe. Cette fille porte une robe. Fluide et blousante, ceinturée de gros maillons dorés. Sur elle (Solange) ça ferait grand-mère ; sur Lætitia, ça en jette à mort. Mystère.

Elle a des jambes minces comme des bras, des collants opaques, impeccables, sur lesquels la main du type monte et descend. On ne sait plus s'il est en haut, en bas, devant, derrière, ça s'enroule, ça frise. La musique (quelqu'un a remis Sade) sort de ces doigts qui jouent sur ces collants. Des *bas*, cette fille porte des bas, qui tiennent tout seuls, bande noire sur cuisse blanche sous robe noire, ça apparaît et disparaît, blanc noir, cuisse robe, la main mouvante se déploie sur la bande de dentelle, la fille se lève suivie du type tout en doigts et visage égarés, ils se déploient tous deux, ils s'enfoncent dans l'ombre ondulante.

« Ils vont baiser », dit quelqu'un dans son oreille.

Un type qui tire sur un joint et le lui tend.

« À chaque fête elle monte avec quelqu'un. Là-haut il y a *énormément* de chambres. »

Il est plus âgé qu'elle. Genre première ou terminale. Des cils très noirs sur des yeux très verts.

Elle tire sur le joint et se recule un peu (l'air de rien). Dans l'ombre flottent encore un éclat de la robe, le flash des gros maillons, la main du prétendant traçant des courbes et la couronnant, Lætitia, la joyeuse, la princesse qui les dévore, là-haut.

« Tu sais comment on l'appelle ? »

Lætitia d'Urbide ?

« Ouais. »

Il prend une longue bouffée du joint et retient sa respiration, comme il faut.

Je ne sais pas. Læti ?

Il rit. Il rit la bouche ouverte, muettement, longtemps. Comme si elle avait dit un truc mignon.

« Moket'éco », lâche-t-il avec la fumée.

Il y a comme un double fond dans sa voix : ce n'est pas tant le surnom, qui est remarquable, que l'inventivité des villageois, ces pedzouilles aux mœurs si drôles.

Elle voit l'entrepôt de moquettes à côté du Milord. Elle voudrait être au Milord. Dans la lumière clignotante. Non. En fait, non. Elle veut être où elle est. Avec lui écroulé dans ce canapé.

Pourquoi Moket'éco ?

Le garçon pousse un gémissement qui est en fait un rire extrême, le rire que serait le rire s'il se détachait du corps (songe-t-elle, étonnée de ses propres pensées).

Puis l'idée révoltante la prend que Lætitia ne prend pas cher. Læti'éco.

Ou que les garçons s'en servent de paillasson. De moquette. Se couchent dessus, marchent dessus, l'écrasent, s'épouillent dessus comme des singes.

« Elle a du poil aux seins, dit le garçon. Moket' Eco ».

La bouche ouverte sur un rire silencieux, comme si le nom était tenu loin, montré comme un machin ethnologique, un scalp.

Elle visualise ses seins à elle. Elle n'avait jamais pensé à ce problème — non, soulagement, elle n'est pas poilue des seins. Cette tare au moins lui a été épargnée.

Elle rit.

Il lui reprend le joint et leurs doigts se touchent.

« Tu es d'où ? »

Il se passe un truc avec le temps. Le temps accélère puis ralentit. Lætitia et le type viennent de quitter la pièce, mais elle a eu le temps (elle, Solange) (l'éternité ou le temps fixe) de penser plus de choses que dans sa vie entière, de penser qu'elle a pensé plus de choses…

De la Côte.

« C'est marrant, je ne t'ai jamais vue. Tu t'appelles comment ? »

Il lui repasse le joint, mouillé de sa salive.

Elle hésite à dire Charlotte. Ou Sandra. Ou Jennifer.

Solange. Et toi ?

Il s'appelle Arnaud. Il est de la Côte aussi.

Le temps fait une autre boucle. Ou pause. Ou *rewind. Let's Dance,* la chanson qui revient.

« J'aime bien ces états anormaux où tu as l'esprit soit vachement aiguisé, soit endormi… »

Dit le garçon.

« Je ne sais pas ce que je préfère (continue-t-il, tassé contre elle). L'esprit aiguisé c'est génial parce que tu as toutes tes sensations qui sont vachement aiguisées. Mais c'est crevant. Quand on plane, un peu endormi, c'est bien aussi, et puis tu ressens les choses vraiment différemment, je ne sais pas, c'est toujours là que je parviens à une vision globale des problèmes, politiques, tu les comprends vachement bien parce que tu as une vision supérieure, comme par-dessus, comme le point de vue des aliens, tu es extérieur et vachement calme, comme si rien ne te concernait ; comme une réunion du bureau des élèves mais toi tu ne serais plus du lycée, tu aurais passé ton bac depuis longtemps et tu comprendrais tout, les tenants et aboutissants. Ça résorbe tout, absolument tout. Ça résorbe les problèmes. C'est plus intéressant que l'alcool, aussi. Et on se sent définitivement moins seul. »

Moi aussi je me sens seule.

« À ton âge c'est normal. Moi j'étais mégalo, j'étais moins à l'aise que maintenant. Parce que tu ne peux te définir que par rapport aux autres. On n'a pas de conscience au départ, donc pas de caractère défini, pas de déterminisme. C'est Sartre qui a dit ça. Quand tu y penses, c'est génial, c'est complètement génial… »

Ça veut dire que moi qui me torturais l'esprit pour savoir qui j'étais (commence-t-elle, étonnée de savoir qu'elle se torturait), *et qui croyais que je savais qui j'étais, seule, je veux dire seule dans ma tête, en fait c'est débile…*

« Tu ne peux te définir que par rapport aux autres. C'est définitivement ça. C'est Sartre qui l'a dit. C'est fondamentalement politique. »

C'est normal. En fait c'est la démarche instinctive.

« Je ne crois absolument pas à l'instinct. Ils font quoi tes parents ? »

Ils sont morts dans un crash aérien.

« Écoute, sois toi-même. C'est ça le mieux. Sois toi-même, vis-à-vis des autres. En fait, même vis-à-vis des autres, c'est de toute façon ce que tu JOUES le mieux. On fait toujours des choix, quoi qu'il arrive. Tu as toujours le choix, tu es entièrement libre. Tout ce qui arrive, c'est des choix. »

J'aimerais bien partir aux USA. Le Rotary Club de Clèves offre une année, tous frais payés sauf le voyage. J'ai mûrement réfléchi. Mais là je suis dans les vapes. Je flippe. On a bien la même façon, je veux dire chacun, de réagir à des types de situations données, toujours les mêmes ? C'est normal, non ? C'est super cette liberté.

« En fait ça se retourne. Du genre, on a toujours besoin d'un public pour se faire son propre cinéma, mais d'un autre côté, avoir besoin d'un public ce n'est pas du cinéma, c'est RÉEL. Sinon le désespoir t'oppresse, complètement. Il y a quelqu'un qui disait, Hegel, que dans la conscience on a deux paramètres, le temps (la chronologie) et l'espace (tu vois, l'espace), et douze carrés, douze catégories dans lesquelles on fait entrer les idées et comme ça on peut accéder à la connaissance. »

Ça ne me convient pas du tout (discute-t-elle, la tête pleine de ronds et de carrés). *C'est le vieux plan. Ça limite trop. Pour moi l'esprit est illimité, complètement.*

« Absolument pas. L'esprit est limité. Mais il faut apprendre à l'utiliser à 100 %. C'est génial. Quand on y pense. Ça veut dire que la télépathie. Je veux dire, si on utilisait notre esprit à 100 %, on pourrait se parler même sans les mots. Une compréhension totale. Directement de soi à soi. Le rêve. On est terriblement limité. Terriblement limité. C'est terrible. »

C'est peut-être vrai, mais c'est sûrement faux. Où est la limite ?

« Par exemple, tu vois, là, tu crois que tu es en train de me parler, mais peut-être pas. Peut-être que tu imagines que tu me parles, et moi en vrai je ne t'écoute pas. Alors qu'on pourrait se parler directement de soi à soi. Tu vois, il vaut mieux rencontrer l'altérité, quitte à être malheureux, que rester dans sa petite sûreté personnelle. L'essentiel c'est d'avoir des failles. Pas sa petite conscience tranquille. »

C'est sûr.

« La plupart des gens dramatisent, ils sont mégalo, mais il faut juste qu'ils en passent par là et au bout du compte ça leur fera les pieds. Quand on te dit "arrête de faire le con", tu es encore plus mal, peut-être, mais ça te fait du bien. À plus longue échéance. Mon père me l'a dit, d'arrêter de faire le con, et c'est le plus grand service qu'il pouvait me rendre. Parce que tout à coup tu te sens ridicule. Une paire de claques — genre "c'est pas des vrais problèmes, que tu as" — et ça fait du bien. Même toi sans tes parents, tu vois

(elle avait oublié que ses parents étaient *morts*)

« tu ne peux jamais redevenir comme avant. Tu ne peux pas regretter une expérience. Tu veux rester toi, d'accord, mais tu ne peux pas revenir en arrière. Une expérience est une expérience. Définitivement. Tu ne peux pas oublier que tu as appris, pas tellement ce que tu as appris, mais le fait même que tu as appris. Une fille comme Moket'éco, qui ne connaît rien à l'altérité… Tu ne peux pas retourner à la case départ. Oublier ton petit moi et faire face à la vie, à la réalité, enfin tu vois ce que je veux dire. Tu ne peux pas désévoluer. Sincèrement. »

*

Elle n'a jamais aussi bien parlé avec personne.

Ils montent l'escalier aux paliers grands comme des chambres, comme sa chambre à elle (comme ses deux chambres, chez elle et chez Bihotz) (genre fille de divorcés) (c'est bien la première fois qu'elle pense à ça).

« Tu as un cul à mourir », souffle le garçon dans son cou.

Sa jupe glisse, c'est problématique.

Elle voudrait rattraper le coup que ses parents sont morts parce que c'est encore un énorme mensonge, et ce garçon, aussi bien un jour il faudra qu'elle le leur présente (à ses parents) (et même à Bihotz) (non, pas à Bihotz).

Une marche, une autre marche, elle fait mine de tomber à demi, il la tient, la retient, elle laisse passer de l'air entre ses incisives comme Marilyn.

« Tu as vu ça ? »

Sur le palier il y a une énorme peinture, des bandes orange, jaunes et rouges, qui ne représentent rien mais qui rendent bien.

« Son père possède toutes les vignes au nord d'ici », dit le garçon avec un geste large, ouvrant sur l'entière topographie du monde. « Il passe sa vie à acheter des tableaux, aux États-Unis et partout, et le reste du temps il fume dans son fumoir et il boit. »

Un vieil homme passe. Un roi.

Waouh, dit-elle.

La Terre tourne au bout de la main d'Arnaud. L'escalier continue de monter.

Et Lætitia descend, seule. Son amant baigne en ce moment dans une *mare de sang*. Léger cliquetis de sa chaîne dorée. Elle fume d'un air dégoûté, paupières mi-closes, ses longues jambes actionnées devant elle avec lenteur, ses Doc

Martens vernies la précédant marche après marche comme si l'effort la renseignait définitivement sur la vanité de ce monde.

Et lui qui la regarde, arrêté dans l'escalier.

Mais c'est elle qu'il embrasse, Solange. Il la serre avec un hoquet. Il lui enfonce sa langue dans la bouche.

Un grand vitrail sur le dernier palier, un paysage de mer éclairé par la Lune, le vrai jardin transparaissant sous les pins maritimes en camaïeu bleu, comme si Clèves devenait la mer, une merveilleuse continuité baignant le monde.

Une porte s'ouvre sous leur poids, ils tombent dans une chambre et rient, l'un sur l'autre, il la tient, il appuie sur sa tête.

Il appuie très fort, il se bat contre sa braguette et sa tête pour l'ouvrir et la tenir, le temps fait encore un de ses loopings crépusculaires, il y a des froissements de tissus et de peau puis tout devient plus clair : elle a sa bite dans la bouche.

Aux mouvements qu'il imprime à sa tête elle comprend qu'il faut qu'elle monte et qu'elle descende. Le contact est un peu grumeleux et ça sent mauvais, avec un goût acide.

Il gémit. Est-ce qu'elle lui fait mal ? Elle détend ses mâchoires.

« Pompe, putain. » D'une voix troublée.

Elle resserre les mâchoires et se débrouille pour exercer une pression, une succion, un vide, c'est ça qu'il a l'air de vouloir, comme quand on suce son pouce mais en plus gros.

Le goût a disparu. La salive, abondante, coule un peu sur son menton et la chatouille, autant que les poils qui entrent dans son nez. Elle s'est habituée à l'odeur, c'est un peu dommage quand même cette impression de lui nettoyer la bite. Elle voudrait qu'il lui lâche les cheveux, ça tire, et elle a un bras bloqué façon judo.

Elle commence à avoir mal aux mâchoires. Les muscles crampent sur les côtés. Clairement elle ne les utilise pas assez, en tout cas pas comme ça. Ça doit être une question d'entraînement. Ça suppose quand même d'ouvrir beaucoup la bouche, cette affaire.

Elle essaie de penser à autre chose, comme quand on est chez le dentiste.

« Putain (entend-elle soudain), je suis tombé sur un robot ! »

Elle tord le cou pour le regarder. Détente des mâchoires et peau du crâne qui revient en place.

« Tu manques vraiment d'imagination. Il faut te le dire, de lécher le gland de temps en temps ? Tourne un peu la langue autour, je ne sais pas ! »

Il mime, sort la langue, tend le cou. Il a un air étrange, comme désespéré. Un air qu'elle a déjà vu chez Bihotz le jour où il tenait sa bite à la main (ou le jour du bilboquet).

Il lui montre comment tenir la base, en rond, pas trop serré, et de temps en temps, d'aller chercher les couilles par-dessous.

Il se laisse retomber sur le lit, se tient à ses cheveux et semble aller mieux.

Jouer cette fille-là, experte et désirable. *Un trouble délicieux.*

Ça se passe en ce moment même. Elle est en ce moment même en train de faire ça à un garçon. Le monde est vivant et elle est en son centre.

Mais c'est long. Elle essaie de penser à la rivière qui coule juste en bas du jardin. À la piscine dans la nuit (on entend des éclats, des plongeons, des rires. Elle ira après). La bite lui entre jusqu'au cerveau. Lui percute le fond du crâne. C'est quand même étonnant comme situation. On a du mal à penser à autre chose. La crampe devient insupportable, elle essaie de se dégager et il crie :

« Non, ça ne va pas, ça ne va pas ! »

Il se lève, avec cet angle étrange et tout raide qu'elle a déjà vu chez Bihotz. Un ergot. Un décapsuleur. Il est intimidant, pas tellement la bite mais toute sa hauteur furieuse. C'est vrai qu'elle se comporte comme une cruche.

Il reprend tout à zéro (égaré mais précis), elle à genoux devant lui à le *pomper*, lui agrippé à ses oreilles, doigts enfoncés dans son occiput, il lui tape sous la glotte et elle a envie de vomir, elle tousse, elle larmoie, il tire et pousse, elle tousse, sa tête est une noix de coco, une tirelire secouée, il n'y a rien là-dedans et il pousse un cri et quelque chose d'*immonde* lui envahit la bouche.

Elle court cracher dans la salle de bains. Se rince la bouche et respire.

Dans le miroir elle est très moche. Elle se recoiffe avec les doigts et tente, à coups d'eau froide, de décongestionner ses joues et ses paupières. Son mascara a coulé, c'est horrible. Elle frotte du bout du doigt, ce n'est pas mieux. Et le goût ne part pas. Un truc de l'espace (comme dirait Bihotz). Gluant, douceâtre, insinuant, affreux.

Il a les yeux fermés, étendu sur le lit. Il dit, avec un accent de tendresse :

« T'es pas libérée, comme fille. »

Sa bite forme un petit tas gris hors de son jean.

« Je veux dire, ça peut être vexant pour un mec. Se précipiter à la salle de bains et tout. Les filles qui avalent, c'est valorisant pour un homme. Ça finit bien le truc… »

Il lui ouvre les bras et l'embrasse dans les cheveux.

« Ça me ralentit, le shit. Avec l'alcool, en plus… Mais justement ce sera bon pour toi tout à l'heure. On aura tout notre temps. »

Sa bite se soulève légèrement, c'est dingue, toute seule, comme une tête de lézard.

Elle a du mal à croire qu'elle soit là, en vrai, allongée contre la poitrine d'un garçon, au creux de son épaule. Pas le simulacre habituel, pas l'oreiller de son petit lit, non, un homme, un vrai.

Il l'embrasse, à nouveau sur les cheveux. Ça se comprend, avec ce goût qu'elle a dans la bouche. Elle voudrait se brosser les dents. Elle doit avoir mauvaise haleine.

Ça serait bien de se remettre à parler. Elle ne ressent plus l'effet du shit, il doit la trouver bête. Il fume une cigarette, les yeux sur le lustre. Sombre et mystérieux.

Elle ne sait pas quoi dire.

Des moulures au plafond. Une tapisserie peinte du même genre d'oiseaux que sur les tasses de Bihotz, mais avec quelque chose de plus vieux, de plus *pastel*. Un paravent chinois et des meubles à pattes de lion. La fenêtre est entrouverte sur une petite terrasse.

Être une Lætitia d'Urbide, un peu plus âgée. Être avec lui dans ce château. Ils auraient des chevaux en bas vers la rivière, des parties de tennis avec les invités. Ils se seraient *éclipsés* et il l'aurait *possédée*, et elle remettrait sa belle robe, il nouerait les rubans dans le dos, il serrerait peut-être son corset, le genou dans ses reins comme elle a vu dans un film, un dernier baiser dans son chignon défait puis un baiser profond en haut de l'escalier, elle renversée, lui fier d'elle, propriétaire de son âme et de son cœur, il l'aurait épousée, la plus belle, rayonnante devant les invités pâmés.

Il se lève pour se rhabiller, elle se rend compte avec horreur qu'elle se frottait contre sa cuisse mais il s'est mis à lui raconter un truc :

« J'étais tout devant à danser le pogo, je pouvais toucher la scène, il y avait des filles qui s'évanouissaient, c'était du délire. On était si serrés qu'on ne s'en rendait même pas compte, elles étaient évanouies debout, tu vois, la foule les tenait et on aurait dit qu'elles dansaient et on les passait sur nos têtes jusqu'aux *roadies* et à un moment ils ont même fait passer de bras en bras un handicapé dans sa chaise roulante, c'était hyper sympa. »

Elle a les mêmes goûts que lui en musique, exactement. Elle compte aller au concert de Cure, à Bordeaux.

Mais justement c'est de celui-là dont il parle, faut qu'elle se réveille, c'était la semaine dernière.

« Robert Smith, tu as lu ses chansons, je veux dire, tu les as *lues* ? Ce mélange de cynisme et de sensibilité à fleur de peau. Il *sent* vraiment les choses. On ne se rend pas compte si on ne les a pas lues, mais ça va très loin, de cacher ses vrais sentiments sinon ça fait trop mal, le cynisme c'est la politesse du désespoir, c'est cool, et c'est ce que fait Robert Smith, définitivement. »

Elle n'ose pas parler de Michael Jackson. Est-ce que c'est si cool que ça, finalement, Michael Jackson ?

Elle aimerait bien qu'il aille lui chercher quelque chose à boire, un truc fort, mais ce serait abuser, peut-être.

Il roule un autre pétard.

Arnaud. *Arnaud.* Elle laisse passer de l'air avec le R, doucement.

« Tu as l'air toute chose. »

Il lui défait les boutons du polo, un par un.

Elle essaie d'avoir l'air *toute chose*, c'est mignon comme il a dit ça.

«J'espère que tu comprends que tout ça ne nous engage à rien.»

Bien sûr. Définitivement. Elle est très cool, elle a l'esprit ouvert.

«Je ne voudrais pas que tu souffres.»

Il le dit comme dans les feuilletons et elle comprend que c'est drôle et qu'ils sont complices. Il lui enlève le polo, le polo Lacoste de son père (pourvu qu'il n'y ait pas de taches dessus sinon elle va se faire tuer).

Il l'embrasse dans le cou et lui empoigne les seins. Elle espère qu'ils sont assez gros, *de quoi remplir la main d'un honnête homme.* Elle tente de le rapprocher d'elle pour qu'il embrasse mieux le cou et triture moins fort les seins, elle inspire profondément et il y a comme un malentendu, il appuie sur sa tête, il la tient là-dessous, sous la mer, sous l'eau. Elle sent monter les larmes comme une grande vague de *cynisme,* la bite est froide et collée, molle et pleine de plis, il a des mouvements impatients du bassin et elle se dépêche, elle mâche un peu (comme du gras de poulet) et ça se déploie, c'est quand même un truc pas banal, ça remplit la bouche en ballon dur.

Il lui dit tendrement qu'elle est une petite chienne.

Le mot vient se coller entre ses jambes et elle se met à mouiller d'un coup. Peut-être qu'il le dit avec son genre de distance, en tenant le mot loin de sa bouche — en tout cas ça appuie là façon museau.

« Tu es très prometteuse, souffle Arnaud. Tu fais des progrès de minute en minute. Arrête tu vas me faire *jouir.* »

Et il la retourne avec des gestes sûrs, des gestes qui lui lâchent tout un chenil bondissant dans la culotte, jusqu'à ce qu'elle comprenne, ça ne fait aucun doute — il veut le faire, il relève la jupe prince-de-galles de sa mère, il glisse sa bite là.

Elle ne veut pas. Pas comme ça. Pas *à l'envers.* Elle veut voir son visage, lui parler, le voir. Elle se débat, elle se noie, elle tombe dans le vide.

Il la remet dans le bon sens. Il la prend dans ses bras et lui caresse les cheveux. Que ça va, qu'il va pas la violer.

Il guide sa main vers sa bite et imprime, main sur main, un mouvement coulissant.

« Faut pas monter si tu es pucelle. C'est moi qui lui ai fait sauter la rondelle, à d'Urbide, et je peux te dire qu'elle a pris son pied. »

Il respire fort.

« D'un autre côté (rallumant le pétard posé sur la table de nuit) il y a bien des façons de rester vierge, si c'est ça qui te défrise. »

Il fourre sa main dans ses cheveux. Elle le pompe avec application, maintenant qu'elle sait faire. Elle a le rythme, viens je t'emmène, jupe relevée au ventre, seins nus sur lesquels s'abat la main qui glisse aussi vers ses cuisses trempées, petite chienne, les mots la brûlent, elle le pompe, elle se voit faisant ça, elle les voit tous les deux dans cette chambre, culotte trempée coincée entre les fesses, bouche déformée et visage en sueur contre poils et couilles, aller retour, elle le pompe bien. Elle aimerait qu'il aille plus loin vers le bas avec sa main mais c'est embêtant il a le bras trop court ou elle est trop loin ou quelque chose coince et pourtant ça pourrait, il lui semble, elle entrevoit, il suffirait qu'il la *doigte* pour — « Ah ma grosse salope », le -ope jaillit en trille aigu et elle s'écarte d'un bond et la chose saute en l'air et tombe sur la jupe de sa mère — zut.

Elle n'est pas vraiment *grosse*. Il y a bien plus grosse qu'elle, mettons Delphine ou même Rose et lui aussi d'ailleurs, il a quelque chose de Bihotz côté ventre. Ou alors il disait pour rire ?

« T'es pas sympa », constate-t-il.

Il tire sur le joint, écrase le mégot sur le pied de la lampe et disparaît dans la salle de bains.

Elle rabat le drap sur elle et tente d'atténuer, de son pouce imbibé de salive, la tache de brûlé sur la lampe.

Elle entend un long jet. Intimité de ce glouglou d'urine. Elle repense au jeune époux qui va descendre parmi les invités sur ce pacte secret, l'air de rien. Toute la vie devant lui à la prendre et la reprendre en s'occupant de ses cheveux, la retrouver demain et après-demain et pour toujours. Elle n'a que quelques secondes pour se frotter, pulpe des doigts contre pulpe du sexe, d'un mouvement rapide et circulaire elle est la châtelaine et le châtelain à la fois et elle se défonce de tout son sexe, ventre écrasé contre le lit, hanches battantes, elle *jouit* d'un grand trait.

Arnaud. Elle fait semblant de dormir. Elle l'entend descendre l'escalier.

Dans la salle de bains, elle s'ausculte de profil. Comment lui resservir ces œufs au plat, il doit avoir tellement mieux, les aréoles aussi sont moches. Ceux de Moket'éco ont l'air beaux, même ceux de Delphine sont plus gros. Sans doute faut-il le faire *vraiment* pour que ça pousse.

*

Elle hésite à rentrer chez Bihotz ou chez elle. Où elle aura le moins de questions. Mais quand elle a donné son numéro de téléphone à Arnaud, elle s'est embrouillée (parents morts), a donné celui de Bihotz (*mon tuteur*) à mémoriser (Arnaud n'avait pas de crayon).

« À quelle heure vous vous êtes couchées », demande Bihotz. Il la regarde au fond des yeux comme si un tunnel menait jusqu'à l'intérieur d'elle, des orbites au *vagin* où sa *rondelle* est toujours en place.

À une heure et quart.

Comme ces clapets pour obturer le viseur des longues-vues.

« Elle va bien la mère de Delphine ? » *Oui, elle va bien.*

« Alors tu as vu que ce n'est pas elle la fille du château ? » *Oui, on a compris.*

Il la lâche et elle peut enfin reprendre son film. Arnaud. Son regard par-dessous. Un pacte. Un accord silencieux. Arnaud. Comment il a dit.

Arrête tu vas me faire jouir.

Elle se mettrait bien au lit mais Bihotz va trouver ça bizarre, pour une fille qui s'est couchée tôt.

Elle reste là, devant « Stade 2 », avec lui qui tripote Lulu. *Tu es très prometteuse.*

« Prometteuse », c'est au futur, ça veut dire qu'il veut bien la revoir.

Et le geste, l'appui ferme de sa main, un peu trop ferme mais tellement *maître de la situation.* Elle respire par la bouche, liquide entre les jambes. Un avenir de *courtisane.* Alanguie sous des lustres et des tapisseries.

Carl Lewis prend le départ du cent mètres. Carl Lewis court tellement vite que c'est déjà fini. Bihotz dit que les Blancs n'ont plus aucune chance. (Mais depuis qu'elle s'est fait un avis sur tout ça, cette planète tournant pour rien dans l'espace vide, ça ne l'intéresse pas, la politique.)

Elle regarde le téléphone comme un objet nouveau, une porte, un sas ouvrant sur un autre monde, avec des tentures et des paravents chinois. Elle essaie de se souvenir si ça fait dring ou bili bili. Bili bili c'est chez elle, le nouveau téléphone à touches. Elle essaie d'hypnotiser celui-ci, à cadran.

Dring.

Elle bondit. Carl Lewis, c'est elle.

Sa mère. Qui demande si elle mange ici ou là-bas.

Qui lui dit que non, personne n'a téléphoné. Elle attendait un coup de fil de Rose ? De Nathalie ? C'était bien, chez Delphine ?

*

23 57 01.

C'est son numéro à lui. Elle le connaît par cœur, il s'est imprimé tout de suite dans sa mémoire. 23 57 01. Deux et trois (nous deux puis un enfant ?), cinq à sept comme les rendez-vous secrets, et zéro et un (pourquoi zéro et un ?). En tout cas si on additionne le tout, 2 + 3 + 5 + 7 + 0 + 1, ça fait 18, la majorité, l'âge où elle sera libre. L'âge qu'il a, peut-être ? Tant de choses leur restent à découvrir l'un de l'autre.

23 57 01.

Bihotz va fermer les poules.

Elle soulève le combiné et fait le numéro en l'air. Comment tu vas ? Très bien et toi. Je pensais justement à toi. Je n'ai pas pu t'appeler parce que. Je repense à ta bouche et à tes seins. Si, ils sont magnifiques. Tu es très belle. Jamais aucune fille n'a m'a fait bander comme toi. Tu es très prometteuse. Arrête tu vas me faire jouir. Jamais aucune fille. Tu es plus belle que. Arrête tu vas me faire jouir. Je t'aime. Est-ce que tu m'aimes. Je t'aime. Oui. Oui.

Bihotz rentre des poules.

La nuit tombe.

Dring !

Elle décroche, horribles battements de cœur, décidément elle est trop beaucoup trop *cynique* — c'est encore sa mère. Qui l'attend pour dîner.

Qui ne l'a pas vue du week-end. Je n'ai qu'une fille et je ne la vois pas. Si, je t'ai dit de venir dîner. On se demande où tu as la tête. Il faut vraiment que je te *demande* de venir me voir ? Qu'est-ce que ce sera dans quelques années.

Elle passe la soirée devant *2001 : l'Odyssée de l'espace* avec sa mère.

Elle rejoue le moment où il la fait plonger sous ses doigts impérieux. *Tu as l'air toute chose.*

Il faut qu'elle arrête de se faire des films. Elle est vraiment *mégalo.* Pourquoi ce type carrément *lycéen* la rappellerait ?

Il a sans doute oublié son numéro. C'est con, cette histoire de crayon.

*

Il faudrait des téléphones dont le fil, extensible, suive tous les déplacements. Ou carrément sans fil.

Non qu'elle ait tant de choses à faire, tant de lieux où aller. Ni même l'envie.

« Je ne te reconnais pas, dit Bihotz. Avant tu ne tenais pas en place. À force de rester enfermée tu ressembles à Dracula. Viens m'aider avec le maïs. »

Elle prétexte un mal de tête.

« Tu me fais le coup de la migraine ? »

Deux jours d'enfermement après, elle a vraiment mal à la tête. Sa mère veut qu'elle consulte. Insupportable compassion dans sa voix.

Un fil de téléphone qui suivrait le vélo, courrait le long des routes à sa poursuite, tournerait autour du village et reviendrait ici, une pelote de plus en plus serrée autour de son enfermement.

Bihotz met un disque épouvantable, un slow de Scorpions qui fait *I'm still loving YIIIIOUOUOU* et il secoue ses longs cheveux.

« Tu peux mettre tes propres disques, si tu n'aimes pas. »

23 57 10.

Où se mettre. Où aller. Téléphoner ou pas. Que faire.

Que ça s'arrête. Que quelque chose s'arrête, qu'on n'en parle plus.

Être à beaucoup plus tard. Dans un mois, dans un an, dans deux ans, dans trois ans. Avoir seize ans. Avoir dix-huit ans. Attente insupportable. Être adulte. Ce qui s'appelle une femme. Savoir de quoi la vie est faite, à quoi ma vie ressemblera, qui je serai. Pouvoir aller, venir, téléphoner, parler, m'en aller. Baiser. *Baiser.* Prendre la Terre entière et baiser.

Elle se voit en géante agrippée à la Terre, collée à la Terre et se frottant, interrompant la planète dans sa rotation et pénétrant jusqu'à la lave, jusqu'où on ne sait rien.

*

D'attendre, elle ne sait plus qu'elle est là.

Elle : rien.

Elle réapparaît au dring. La sonnerie la rematérialise. Intolérable battement aux tempes. Les atomes de sa main se rassemblent sur le combiné — c'est sa mère, ou Delphine, et l'exaspération la visse là.

Puis elle se rediffuse, un minuscule point pulsant dans un village d'un pays d'un continent, un point souffrant et zéro temps, zéro passé, zéro avenir.

Elle se rappelle les paroles quand elle priait, petite :

Je vous salue Marie, pleine de grâce, le Seigneur est avec vous. Vous êtes bénie entre toutes les femmes et Jésus le fruit de vos entrailles est béni. Sainte Marie, mère de Dieu, faites qu'Arnaud me téléphone, s'il vous plaît Sainte Marie, je ferai tout ce que vous voudrez. Amen.

23 57 01.

Elle fait sonner une fois et raccroche. Le numéro existe.

C'est déjà un signe.

« Viens mettre le couvert ! » crie Bihotz.

La sonnaille des couverts en inox.

Elle met une cassette que lui a copiée Delphine, fort, elle ne comprend rien aux paroles mais la musique lui parle d'elle, de sa vie, elle appuie ses mains sur ses yeux et secoue la tête et Bihotz rapplique.

« Pour quelqu'un qui a la migraine. »

Elle met sur pause et soupire et attend qu'il veuille bien la laisser.

Si son père n'est que *porteur*, c'est pas demain qu'elle aura un walkman.

« Si je t'emmerde, rentre chez ta mère. »

Il claque la porte. Charmant.

Elle est seule à la périphérie du monde. Éjectée par une force centrifuge, seule loin du centre où c'est vivant.

*

23 57 01.

Juste une sonnerie. Raccrocher vite.

23 57 01.

Juste une autre fois.

« Allô. » Une voix de femme. Énervée. Qui a décroché au tout début du tout début de la sonnerie.

Arnaud est là ?

« De la part ? »

Elle a le cœur qui bat tellement.

« C'est de la part de qui ? »

Il faut croire que son porteur de père ne lui a pas appris à se présenter.

De la part de Solange.

C'est horrible, ce nom.

Elle entend comme une flûte, « Arnoooooooo », une flûte élégante et moqueuse.

Elle raccroche.

Elle ouvre la fenêtre et regarde en bas. Un seul étage mais plutôt haut. Des dalles en ciment. Quel genre de dégât ça ferait. Il faudrait essayer avec Lulu.

Le téléphone sonne.

Elle s'oblige à laisser trois sonneries.

Une. Deux. Trois.

Oui ?

Plus élégant que allô.

« Solange ? »

Oui.

« Tu viens d'appeler ? »

Non.

« Ma mère m'a dit Solange. »

Non.

« Je n'en connais qu'une, tu sais… »

Sa voix profonde, sa voix de double voix. Tout ce qu'ils ont vécu ensemble, tous leurs moments reviennent, la chambre bleue et la rivière en bas.

(Est-ce qu'elle était bleue ? Avec un paravent chinois.)

« Tu veux qu'on se voie ? »

Oui.

« Quand ? »

Demain ?

« Demain je ne peux pas. Après-demain ? »

*

Libre.

Elle pédale à fond. Bourg, silos, Milord, base nautique. Elle avance dans le vent, dans le blanc, sans images, vitesse, laissant derrière elle des points sur une carte. Une force énorme monte dans son corps, chaque coup de pédale est une étape vers plus loin, plus vite, un bond.

Au promontoire sur le lac, il y a une statue de la Vierge Marie. Merci Marie, merci qu'Arnaud m'a téléphoné. Y aller le cœur pur, apparaître le plus purement possible à la déesse, qui voit aux rayons X à travers notre corps jusqu'à ce fond de chaudron qu'est l'intérieur de notre crâne, comme les miroirs creux, pleins de nos rêves et nos désirs, amen. Car Marie voit bien qu'elle (Solange) est pure, aussi pure que quand elle était petite (et même davantage, quand elle repense à ce à quoi elle pensait).

Elle descend en roue libre jusqu'à la rivière. Regarde le château sur la rive en face. Essaie de repérer la fenêtre. Le balcon, au dernier étage. La chambre bleue.

Quelque chose bouge. C'est peut-être juste un reflet dans les vitres, elle avait remarqué des défauts dans les carreaux (quand elle restée sous le drap en luttant contre l'envie de le rejoindre tout de suite, de lui *courir après*).

En se déplaçant un peu le long de la rive, ça bouge vraiment. Lætitia d'Urbide ? Des domestiques ?

Roseraie. Tennis. Piscine. Une salle de bains par chambre. *Dressing*. Il y a même une *salle vidéo.* Et un salon tout cuir. Payez en quatre fois. Payez la moquette, pas les chutes.

Moket'éco — Lætitia d'Urbide, Lætitia d'U, Lady Di, Lady d'U.

Est-ce qu'elle fait ça ? Est-ce qu'elle devient comme ça elle aussi ? Cambrée et haletante ? *Pénétrée ? Possédée ?* Est-ce qu'elle fait les bruits comme sur Canal + ? Et Lady Di ?

Sa mère. Sa mère dans ce château. Servie par des domestiques. Et pourquoi pas. Sa mère qui lui serine qu'une femme doit avoir un métier. Mais ne pas travailler, c'est ça qui serait le rêve.

(Une blague de Georges sur un mariage de riches, quelque chose comme — accent aristo — « enfin très cher, entrez ou sortez mais cessez ce va-et-vient ridicule ».)

Et le mot *baisodrome* qu'a employé un copain d'Arnaud. Arnaud et ce copain, vus d'en haut comme elle descendait l'escalier. Nez dans leur verre et souriant, penchés l'un sur l'autre. Le regard de ce copain sur elle (cambrée, haletante) (comme s'il savait ce qu'elle venait de faire, ou de ne pas faire).

Arnaud et elle enlacés, debout à la fenêtre. Châtelains sur leur terre.

Un bras autour d'un arbre comme un corps imaginaire, bouche ouverte et baisers dans l'air, un peu cambrée, un peu haletante, coups d'œil alentour pour vérifier que les feuillages la cachent bien.

*

Elle pose son vélo et marche à grands pas au bord du lac.

Respirer et courir. Elle se dit : la jeunesse c'est ça, attrape, cours, c'est momentané, très momentané, et la joie est énorme parce que c'est MAINTENANT.

Elle a deux jours pour perdre deux kilos. Elle reprend la résolution solennelle de ne plus manger (que des pommes et des tomates et des cigarettes).

Georges est en train de gréer des planches à voile et il n'y a absolument personne d'autre en vue. Il peut lui prêter une planche et une combi. « Depuis le temps que je te le propose. »

Elle se change le plus discrètement possible derrière la remorque, elle n'avait pas prévu de maillot de bain alors elle enfile la combinaison directement et Georges lui dit que ça n'est pas hygiénique. « Garde ta culotte. Fais pas ta mijaurée, j'en ai vu, des *derches.* »

Le vent est ferme et fort vers le centre du lac. Elle est suspendue à deux bras au *wishbone,* la voile la soulève, ses pieds tiennent à peine et elle fonce tout droit. Légère, légère entre ciel et eau. Anticiper dans le clapot, amortir par la souplesse des jambes, s'envoler.

Là-bas le cours a commencé, quatre ou cinq guignols et Georges qui trône sur son hors-bord, cheveux longs et blonds, il a la classe presque autant que son père. Un gros type est avec lui, un lointain cousin à Bihotz, qu'elle n'aime pas parce qu'il fait toujours des blagues débiles. Et ça ne rate pas, ils viennent vers elle. Il faudrait qu'elle tourne, qu'elle *vire* — mais elle tombe au moment où ils arrivent.

Une vase couleur rouille glisse entre ses orteils. Trois colverts décollent en chiant et il y a des roseaux coupants et le goût métallique de l'eau et la décourageante absence de la mer.

« Ça va ? » demande Georges. Il lui propose, c'est drôle, une cigarette. Elle l'accepte avec décontraction et relève une mèche de cheveux mouillés. Tout est normal.

« Ça dépend des positions (le cousin est en plein récit), mais je peux te dire que c'était le maximum de la dépense calorique, surtout vu la bombasse de fille. »

« Il fait *Weight Watchers* », traduit Georges.

« Trois fois, continue le gros type. Trois fois huit cents calories ça fait deux mille quatre cents calories, à ce régime tu vas voir si je vais maigrir ! »

Ils la tractent hors des roseaux et il lui tarde d'être au surlendemain, d'être enfin dans sa vie.

Derrière la remorque, elle enlève la combinaison sur une chaleur bizarre. L'eau rouillée serait remontée ? Du sang, la culotte en est pleine, du sang mouillé — voilà, ça n'arrive qu'à elle, elle a rendez-vous *après-demain* et ça lui dure toujours au moins cinq jours.

Est-ce que ça fait déjà 28 jours, depuis la dernière fois ? Si le calendrier était calé sur la Lune, en mois de filles, on se repérerait, et pas leurs mois d'empereurs débiles de 30 ou 31 que ça décale tout. 28 fois 13 ça tombe pile, 364, plus un jour en rab pour les trucs genre 29 février — qu'on ne vienne pas lui expliquer que ça ne marche pas. On pourrait prendre les rendez-vous en conséquence.

Elle aurait pu lui dire : *après-demain je ne peux pas.* Mystérieuse, occupée. *La semaine prochaine, peut-être. Si je suis libre.*

« Stratégie stratégie », dit toujours Nathalie.

Qui lui a prêté un tampon, pour essayer. Mais ça fait un mal de chien, même en le trempant dans de l'huile comme elle lui a conseillé.

Pourtant le pompier avait mis tout un doigt, ce n'est pas rien un doigt (et quand on pense au reste, à la taille du reste — mieux vaut ne pas y penser).

« Mais tu mouillais, lui a expliqué Nathalie. Ça fait glisser. »

Elle a essayé en se *masturbant* mais elle a beau respirer genre sa-mère-en-lotus, rien à faire. Et les tampons, Nathalie l'a prévenue : une fille avait oublié et le type lui a poussé le tampon tellement loin que ça lui a percé l'intérieur et elle est morte dans des flots de sang.

*

Pourquoi ce soir-là elle pleure, elle ne sait pas très bien.

« Je me souviens quand j'avais ton âge ce n'était pas facile, j'avais des hauts et surtout des bas, on dit que c'est l'âge bête ma pauvre biquette, mais on ne peut pas rester petite toute sa vie, il faut traverser ça, vois-tu, comme une forêt de ronces, et plus tard tu auras un métier, et des enfants, tu te réaliseras, tu auras une belle vie, mieux que la mienne, ne prends pas modèle sur moi. »

Elle se met à sangloter, rien que d'avoir cette conversation avec sa mère elle hoquette éperdue. Et — c'est toujours pareil — elle dit ce qu'elle n'avait pas pensé dire, ce qu'il ne faut surtout pas dire — qu'elle sait pour papa.

Sa mère ne réagit pas.

Que Delphine a dit que Rose l'a vu porter des valises. Papa.

Comme si ce n'était pas, genre, le scoop du siècle.

C'était pour leur séjour en Angleterre (précise-t-elle).

« Est-ce que tu veux dire que Delphine a dit que Rose a vu papa s'occuper spécialement des valises de quelqu'un ? » finit par articuler sa mère, avec ce pli du front, comme si sa tête allait se fendre en deux.

Elle voudrait faire rewind, c'est la mauvaise conversation, la mauvaise piste d'envol.

« Est-ce que c'est ça que tu veux me dire ? insiste sa mère dans ce moment de *complicité*, est-ce que c'est pour ça que tu pleures ? Parce que Rose a vu papa avec quelqu'un ? »

Elle voudrait la tuer.

Rose dit que papa est porteur.

Il y a presque un rire qui apparaît entre les deux morceaux du visage de sa mère. Elle se lève pour réchauffer sa tisane d'herbes relaxantes, celle qui infuse toute la journée, et se masse, du bout des doigts, le troisième œil.

« Quand tu étais petite, dit-elle depuis la cuisine, tu croyais qu'il était pilote. Comme dans *Le Petit Prince.* »

Pilote ou pas, papa est tellement plus beau que maman, qu'est-ce qu'elle croit ? Il faut sortir à son niveau. (Même s'il n'était que balayeur elle l'aurait épousé, elle.)

*

23 h 23.

Ça l'énerve qu'Arnaud puisse penser qu'elle est pucelle.

Elle enfile son tee-shirt à paillettes et l'essaie sur sa jupe tube. Ou sur son jean ?

Le rêve serait une vie où le barman et le DJ du Milord lui feraient la bise devant Arnaud. Et lui serviraient son Malibu-ananas — « comme d'habitude, Solange ? ». Le DJ mettrait *Billie Jean*, un clin d'œil, elle danserait comme une déesse et tous les regards seraient sur elle et Arnaud s'approcherait mais elle le repousserait doucement, elle aime danser seule, il essaierait de lui voler un baiser et le pompier le balancerait par terre et le DJ et le barman seraient obligés d'intervenir, Arnaud le nez en sang, elle danserait encore puis elle accepterait de rentrer avec lui et elle l'attirerait contre ses fesses, bouche entrouverte et reins creusés, il soulèverait sa jupe et baisserait son collant de gym satiné et sa culotte (ou peut-être qu'elle aurait juste mis sa jupe prince-de-galles et une culotte) et il la *pénétrerait* sur le capot, elle serait juchée sur des talons et ça rendrait vraiment bien en se cambrant (mais si c'est un jean qu'elle porte, est-ce que c'est possible en baissant son jean ?) et le pompier les regarderait dans l'ombre, ou (mieux ?) le DJ et le barman la regarderaient, ils la trouveraient belle et un peu salope, ils envieraient Arnaud, elle ouvrirait la bouche et se cambrerait et Arnaud glisserait ses doigts entre ses dents, elle mordillerait et gémirait et remuerait les hanches et elle le tiendrait près d'elle (avec les bras pliés par-derrière ?) et où serait le pompier (attention) et il la *posséderait violemment.*

Une fois qu'elle a joui (pas très fort, scénario un peu compliqué) elle a moins envie de sortir mais la perspective de rester seule dans sa chambre, d'avoir à dormir là après s'être *masturbée,* c'est tellement déprimant.

Bihotz doit être devant « Psy-Show ».

Sa mère roupille.

Elle lui fauche ses chaussures à talons. Sort doucement par la porte-fenêtre, rabat doucement le volet. Il grince un peu mais les somnifères de sa mère, c'est de la bonne.

*

Bihotz roule en silence. Il se penche sur l'allume-cigare et fume.

Yeux de lapin paralysé sur le côté de la route.

Il était sur son perron. À croire qu'il la surveille ou qu'il la guette ou quoi.

« Tu allais vraiment à l'aéroport ? »

Oui.

Un oiseau nocturne frôle le capot.

« Qu'est-ce que tu lui veux, à ton père ? »

Le voir décoller.

« Par le dernier avion ? »

Il dit ça comme un truc drôle.

N'empêche qu'il prend la route de l'aéroport.

Elle serait bien allée à la mer. Rouler la nuit jusqu'à la mer. Elle aurait pu lui dire : je n'ai jamais vu la mer la nuit. Ç'aurait été vrai, comme dans un film. Les vagues noires. Elle aurait eu ce sentiment, d'être enfin dans le bon film.

Elle se demande à quoi il pense.

C'en est même un peu flippant.

Elle fait glisser une Marlboro hors du paquet, la porte à ses lèvres et l'allume.

Il fait sauter la clope d'une tape, elle crie et se tortille dans tous les sens. Ça sent la moquette cramée, mais son tee-shirt est intact.

Vous fumiez déjà à douze ans, proteste-t-elle. *Vous vous cachiez dans le poulailler.*

« Je fumais déjà en changeant tes couches. Je t'ai enfumé le cul, si tu veux savoir. »

Je vous emmerde.

Quel sens de la répartie. Elle reprend une clope et se sent surpuissante. Une cassette dépasse de l'autoradio, elle l'enfonce et c'est le groupe que lui a enregistré Delphine.

We've come to play in the happy house.
We're in a dream in the happy house.

Il chante sur la voix de la fille. Avec un accent super bon.

Vous me piquez mes cassettes ?

« J'ai des goûts très variés. »

Vous ne connaissez rien à rien.

Elle souffle la fumée et s'il ne fait pas gaffe on va se foutre dans le fossé.

Elle le regarde avec attention. Pas plus tard que la semaine dernière il a pris un abonnement à la bibliothèque municipale, rayon musique. Et il est carrément assidu au Gym Tonic. Aussi bien, allez savoir, il a une copine. Ce serait drôle.

Vous n'avez même jamais couché avec une fille.

Il faudrait lui dire *tu* pour que ce soit plus vache. T'as jamais touché à une fille. Puceau. Pédé. Gros enculé.

Plus ce serait gros plus ce serait drôle.

« Qu'est-ce que tu en sais ? »

Je suis tout le temps là.

« Pas tout le temps. »

Arrêtez votre film. À votre âge c'est carrément la honte. Je n'aimerais pas être à votre place. Je n'oserais plus mettre un seul pied *dehors.*

Il s'arrête sous un arbre et elle a un peu peur, à nouveau. Il coupe le moteur et le silence tombe. Une énergie bizarre sort de lui, comme s'il n'habitait pas tout à fait le même temps qu'elle, comme s'il savait des choses qu'elle ne sait pas. Et elle a envie de quoi, de rouler vite, d'aller vers quelque chose, plus tard, plus loin, la mer.

Je veux dire, vous sortez jamais. On peut pas vivre comme ça. Même ma mère le dit (et elle vous adore, ma mère). Elle dit que vous êtes en train de passer à côté de votre vie.

Il se penche vers elle, prend sa cigarette entre pouce et index, la jette. Tout est très lent et elle se tait. Ils se regardent.

Il attrape ses épaules à deux mains et elle se sent petite et très forte, il se penche vers elle, un fil d'air embué les sépare, une suspension du temps dans la douceur. Mais il se rassoit. Redémarre. La musique jaillit.

Dans le noir percé par les phares monte une lueur qui n'est ni le couchant ni l'aube, mais l'aéroport.

« Il faut que tu saches quelque chose. »

Comme si elle ne savait pas déjà tout.

Un jour elle a vu un porteur, dans une gare. La seule fois où elle a pris le train. Il avait l'air de mendier son travail.

Pour ce qu'elle en a à foutre, de son père.

Elle ne veut pas travailler. Jamais.

« Tu es amoureuse de ton père. »

Elle éclate de rire. C'est *ça* qu'il veut lui dire ?

« Tu n'as pas assez RÉFLÉCHI. Il y a des liens entre les choses, des liens… qu'on n'avait pas forcément vus. Ce qu'on appelle l'effet papillon. Un papillon bat des ailes en Chine, il y a des conséquences jusqu'à Clèves. Dans ta vie c'est pareil. Des choses qui se sont passées il y a longtemps ou même des trucs qu'ont faits tes grands-parents et même des gens qui vivaient au Moyen Âge mais qui sont reliés à toi par des voies que tu n'imagines pas. Ton père c'est pareil. Il faut procéder à toute une libération mentale. Sinon tu sais ce qui va se passer ? Tu vas te jeter à la tête du premier venu. Tout ça, parce que tu es amoureuse de lui. C'est le tyran intérieur. »

Le tire-en quoi ?

« Le tyran intérieur. »

Elle a le fou rire, à en pleurer. Respirer à grandes goulées d'air tiède, à la fenêtre.

« C'est comme si ton père était à l'intérieur de toi et te téléguidait. Il *t'oblige* à faire des trucs mais tu ne te rends même pas compte. Ce qui est très, très classique, surtout pour les filles. Tu intègres tellement ton tyran intérieur que tu deviens toi-même ton propre tyran. »

Comme un ténia ?

« Un quoi ? »

On l'avale avec de la mie de pain sur laquelle a pissé un cochon et après ça vous oblige à manger des trucs que vous ne voulez pas manger.

Il y a un silence vexé.

C'est un truc que j'ai lu. C'est peut-être vrai, aussi bien.

En le regardant conduire, grand, chevelu et familier, elle se dit que contre toute attente, il a quelque chose de son père. Ou que son père a quelque chose de Bihotz.

Maintenant elle voudrait s'excuser. De s'être foutue de sa gueule.

Vous auriez voulu faire quoi, comme métier ?

Elle a envie d'une conversation sérieuse et d'une autre cigarette.

« Si quoi ? »

Je sais pas. Si vous aviez travaillé.

« Qu'est-ce que tu crois que je fais avec toi ? »

C'est pas un métier.

« C'est quoi, à ton avis ? »

Je ne sais pas. Une mission ?

Il rit. C'est drôle comme de parler avec lui, ça la rend *spirituelle*, comme si elle était sûre qu'il l'approuverait toujours.

Il y a un avion sur la piste. La caravelle pour Paris. Des gens marchent sous l'aile et ils pourraient porter des chapeaux, des manteaux cintrés comme autrefois ou des tailleurs roses comme celle qui a voulu protéger son mari ensanglanté sur la décapotable. Ils partent pour Paris depuis toujours, à embarquer dans la nuit sans heures.

« Qu'est-ce qu'on fait ? On le prend ? On part à Paris tous les deux ? »

Elle rit.

Par la porte vitrée qui s'ouvre et qui se ferme il lui semble apercevoir son père, droit devant, derrière un comptoir Air Inter. Dans son uniforme et sa casquette. La porte l'ouvre en deux et le volatilise sur les côtés, puis il se reforme, à peine ébranlé, reprenant sa conversation avec une hôtesse vacillante.

C'est lui, c'est son père. Son père est hôtesse de l'air — elle se rend compte qu'elle l'a toujours su — comment dit-on pour les hommes, steward, steward au sol, au comptoir d'enregistrement.

Le temps : lignes parallèles de largeur inégales au long d'un ruban flou, ondulant. Et une autre dimension, qui n'est pas l'espace, pas les aéroports ni le ciel, mais une sorte de puits, dans lequel son père monte et descend — pilote, porteur, un petit pois dans un ascenseur — faisant le yo-yo dans ce passage secret comme un contrebandier de la *société*.

Et un peu plus tard, assise dans le J7, elle le voit ouvrir pour l'hôtesse la portière de l'Alpine, elle le voit comme pour la première fois, grand, svelte, élégant, quasi publicitaire, un homme qui est son père, un homme qui s'appelle son père, cet homme-là sur ce parking.

*

Arnaud doit passer la chercher à mobylette.

Elle l'attend devant chez elle, entre les deux maisons, un casque à la main que Bihotz l'a obligée à prendre et qui date de sa mobylette à lui.

Il est 16 heures, l'heure du goûter.

Sa mère est au magasin. Aucun risque qu'Arnaud la voie. Et Bihotz, ce serait la honte, mais Bihotz *ne lui est rien.*

Air dramatique, casque à la main, debout d'un pied sur l'autre sous le soleil dans son ensemble noir (polo de son père + jupe droite avec chaînette dorée achetée aux Dames de France + mascara + borsalino noir trouvé à la cave, inusité mais spécial et porté avec le maximum de *naturel*). Air dramatique répété devant la glace mais qui exprime peut-être la vérité sur elle, elle a mis du noir parce qu'elle est *ténébreuse*, et une chaînette dorée parce qu'elle est chic — quel genre de fille est-elle *vraiment* et qu'est-ce qui est le plus cool, être *fracassée* ou *solide* — Solange est solide, Solange va mal, Solange est très équilibrée, Solange cache bien son jeu, Solange est perverse — elle repense aux *Martine* qu'elle lisait petite.

En noir parce qu'elle est orpheline et que le sang, si fuite, se verra moins.

À 16 h 15 Bihotz fume sur son perron et crie qu'on est bien là à prendre l'air.

Monsieur se croit malin.

Ce matin elle a lu son horoscope *érotique* dans un magazine de sa mère. « Vénus est dans votre signe et vous serez dominée par votre désir. Votre partenaire, sous l'influence de Mars affronté à Saturne, risque de tomber des nues mais à la hauteur de vos attentes. De surprenantes combinaisons ne sont pas à exclure. Métamorphosée en amazone, c'est ni plus ni moins que l'Amour que vous chevaucherez. Ivre de sensualité, débordante d'ardeur, vous ne saurez plus où donner de la tête pour satisfaire votre admirateur. La glace n'est pas votre élément et vous brûlerez sous le regard ému de l'Amour. »

« Tu n'as pas chaud en noir ? »

Quel abruti.

Elle va sentir la sueur. Debout en plein soleil, la serviette hygiénique se remplit peu à peu, ça aussi ça va puer. Quelle poisse. Encore combien d'années pour être débarrassée. Trente ans, au moins. Si ce n'est pas quarante.

C'est ni plus ni moins que l'Amour. Sous le regard ému de l'Amour.

À mobylette ça va faire loin jusqu'à la côte. Elle n'a rien dit à Bihotz (qu'Arnaud habite si loin) et comment va-t-elle faire avec son chapeau ? Casque plus chapeau, elle n'avait pas pensé à ça.

En fait ça tombe plutôt bien. Le sang. Elle ne le fera pas cette fois. D'après Nathalie, non seulement il ne faut pas coucher la première fois, mais la deuxième non plus, ni la troisième. À partir de la quatrième, O.K. Le garçon a montré qu'il y mettait le prix. Il faut se faire respecter.

16 h 20. Bihotz sur son perron fait sauter Lulu après une ficelle, comme un chat arthritique.

Elle n'est pas sûre qu'Arnaud soit du genre à attendre. Elle n'est pas sûre de valoir autant de fois.

Dire qu'il y a des filles qui sont encore vierges à vingt ans. Quelle angoisse.

Bihotz crie quelque chose dans sa direction, en faisant des oreilles de lapin avec ses mains.

Connard.

D'un autre côté, Nathalie dit que le faire pendant, c'est le meilleur contraceptif. Paraît-il que le sang tue les spermatozoïdes. Mais bon, tomber enceinte la première fois, c'est quand même le concours de circonstance de la mort.

Un zézaillement d'abord infime, une mobylette, le bruit augmente et Bihotz hurle : « IL ARRIVE ! »

Le voilà. Il est là.

Salut, dit-elle négligemment.

Il tend la joue pour une simple bise (mauvais signe ?).

Elle s'installe à cheval sur le porte-bagages, Bihotz hurle quelque chose (il se tape sur la tête, le casque), elle fourre son chapeau sous ses fesses et enfile le machin, elle va avoir les cheveux aplatis, c'était bien la peine de les crêper.

Elle cherche une prise à l'arrière, Arnaud lui crie quelque chose, elle l'enlace, d'abord à demi puis (ça va vite) en se collant, et le borsalino s'envole.

Il freine. S'arrête.

« Penche-toi dans les virages. Tu sens pas l'intuition ? Si tu ne te penches pas tu vas nous déséquilibrer. »

Quelle cruche.

De toute façon c'était un vieux chapeau trouvé à la cave.

*

De virages en virages ça commençait à lui cisailler sérieusement l'intérieur des cuisses, mais on s'arrête soudain devant une maison (on est pas du tout à la Côte). Arnaud met la béquille, clac, ôte son casque et secoue ses cheveux, la lumière éclate dans ses yeux verts et il a l'air tellement *mûr*.

Ils montent un escalier, une voix fait « Arnooooo ? ».

Mais il ferme la porte et il y a un poster de Corto Maltese, des groupes qu'elle ne connaît pas, et un mur entier de Polaroids — lui et des tas de gens.

Il lui fait signe : « Tu peux mettre le disque ? »

Il a carrément une chaîne hi-fi dans sa chambre.

Elle s'applique à poser le diamant dans les premières rainures du 45 tours, ça saute, « fais gaffe ! », elle recommence, ça y est.

Il essaie de reproduire le solo sur sa guitare.

De toute façon ne pas se faire d'illusions, ils vont juste boire un chocolat ou quelque chose.

On frappe à la porte.

« Ouiiiiii ? » (Il imite une voix de femme, c'est à mourir de rire.)

Un coiffé-décoiffé et un pull chauve-souris et deux mains porteuses d'un plateau avec deux jus d'orange — c'est tout ce qu'on voit parce qu'Arnaud bloque la porte et dit que oui c'est Solange et que oui bonjour, « dis bonjour Solange », *bonjour*, « bonjour *Madame* », *bonjour Madame*, « il faut tout te dire ». Il rigole et elle rigole aussi et l'apparition disparaît.

Il met le disque plus fort et ferme le loquet. Quelque chose dans ce geste la saisit. Ce loquet dans son cylindre : tous les deux seuls au monde.

Elle sirote son jus avec distinction, sans faire de bruit. Il marmonne sur ses accords.

« Fuck ! » Il jette la guitare.

Il s'étire.

« Tu prends les frères Ramone, ou même Johnny Rotten, aucun ne sait jouer. C'est l'*énergie*, qui compte. La révolte. »

Il allume une cigarette. Dans sa chambre. Avec sa mère juste en bas.

« Mais la révolte, je vais te dire. La *révolte* (il prend sa voix pleine de degrés) c'est un mensonge commercial. Tu mens, tu vends. Si tu sais voir les choses, le mensonge, c'est le fondement de notre société. Prends ma mère. Tu crois que c'est sa vraie couleur de cheveux ? Tout ça c'est du conditionnement. Toi aussi on t'a conditionnée, à vouloir telle chose et pas telle autre. Je vais te dire, tu te mens à toi-même. Tellement on t'a conditionnée. Tout ça pour quoi ? Pour que tu aies envie d'acheter des trucs. Dont tu n'as aucun *besoin.* Pour que tu aies envie de *t'acheter, toi.* Bon, les Ramones, ils sont sincères. Mais pas Johnny Rotten. Plus maintenant. *No way.* »

Il ouvre la fenêtre, attrape un jean par terre et le secoue dans tous les sens.

Elle comprend que c'est pour aérer et elle attrape un tee-shirt et le secoue à son tour.

« Peut-être que ma mère, si on va par là, ce n'est même pas son *vrai corps.* Peut-être que c'est une alien conditionnée pour prendre l'apparence de ma vraie mère qui erre quelque part suite à un lavage de cerveau… Sans déconner, elle me fait chier qu'elle veut pas m'acheter de bagnole. J'ai dix-huit ans dans cinq mois et demi, je ne vais pas passer ma vie à mob'. C'est grotesque. Arrête avec ce tee-shirt. »

Il pulvérise du parfum dans la pièce et s'en met sous les bras. *Azzaro pour Homme.* C'est divin. Comme une forêt sucrée. Azzaro pour Arnaud.

Il tapote à côté de lui. Un lit bateau avec des tiroirs dessous.

Elle s'assoit. Plie le tee-shirt pour se donner une contenance.

Il sourit : « Il faut que je fasse tout alors ? »

Il l'embrasse. Il la pousse sur les draps et les couvertures en boule.

Il murmure dans ses oreilles. Qu'il est timide et qu'il a besoin de tendresse.

Il faut que j'aille aux toilettes.

Réouverture du loquet.

Par chance il y a un lavabo et elle se nettoie sans mettre trop d'eau partout, ça ne devrait pas recouler tout de suite. Il faudrait pouvoir téléphoner à Nathalie et lui demander ce qu'elle ferait à sa place.

Elle a comme des lignes à l'intérieur des cuisses, elle n'avait jamais remarqué. Ça doit être des *vergetures.* C'est dingue. Il a suffi d'une balade à l'arrière d'une mob' pour que la peau de son gras craque ?

Que faire de la serviette hygiénique ? Il y a bien une poubelle, une grenouille en céramique avec un couvercle en forme de nénuphar. Mais on saura de qui ça vient. Elle la roule serrée et la colle dans du PQ. Pas de poche à sa jupe. Elle la cache dans sa main. Tire la chasse, ornée d'un capuchon en macramé. Ferme l'abattant des toilettes, recouvert lui aussi d'une sorte de tapisserie. La chasse fait un bruit d'enfer.

La mère est là, devant la porte — elle sursaute.

« Je savais bien que ce n'était pas Arnaud. Il ne tire jamais la chasse. Vous n'avez besoin de rien ? Tout va bien ? »

Oui. Non.

Elle monte l'escalier, elle voudrait courir mais ça ferait bizarre devant la mère, et elle a peur que ça coule. Elle serre bien la main sur la serviette, ça dépasse à peine.

Arnaud a remis le disque. Il l'enlace et elle aimerait bien l'enlacer aussi mais elle n'a qu'une main libre et le casque est juste là — l'idée est de cacher la serviette dedans, sous la visière rabattue.

Elle y parvient en se contorsionnant et il y a comme un quiproquo, il l'embrasse sur la nuque, il remonte sa jupe et frotte sa bite contre sa culotte, ça coule, merde ça coule, c'est sûr qu'on ne peut *rien* faire mais il a déjà les doigts dans sa culotte.

« Tu m'as déjà fait le coup. Il faut bien le faire une première fois si tu veux le faire une deuxième. »

C'est très juste mais ce n'est pas ça, ce n'est pas qu'elle ne l'a jamais fait, qu'il ne croie surtout pas ça, c'est qu'elle est (attention, elle va le dire, ça va être son tour, air grave et douloureux) *je suis indisposée.*

« Indisposée à quoi ? Tu veux dire comme les filles ? »

Il retire sa main comme si ça mordait.

Il tient sa main mordue devant lui et rouvre le loquet. Elle entend l'eau couler aux toilettes.

« Arnooooo ? Tu n'as besoin de rieeeeeeen ? »

Elle s'essuie dans le drap. Peut-être qu'il faudrait partir. Malgré ce qu'en dit l'horoscope.

Mais si elle rentre tôt, ça fera trop plaisir à Bihotz.

Arnaud revient avec le même air que tout à l'heure quand il a calé sa mob' sur sa béquille même si on n'était pas au bord de la mer. Un air *mûr*. Il referme le loquet.

Fuck l'horoscope et le reste. Et fuck Bihotz. Elle se penche, se laisse tomber vers le lit, il la suit, c'est doux, tendre, ils sont allongés sur le côté en petites cuillères. Un gros câlin. Elle incline le cou pour qu'il embrasse mieux sa nuque, il se frotte contre ses fesses. Comme elle est bien. Comme c'est divin. Toutes ces années pénibles sont justifiées par ce moment, ce moment vers lequel elles menaient. Tout ce passé interminable, émergé d'une brume sans air, couleur du lac et des roseaux, la vase de la petite enfance.

Il se relève une seconde pour mettre la musique plus fort, il a la bite dressée au ras du disque, comme s'il le jouait du bout du *gland*. Un gland musical. Un gland à diamant.

Il se rallonge en petite cuillère. Elle sent un truc vraiment bizarre, un truc pas du tout *normal* mais il l'enlace très fort, elle crie *arrête* et il arrête.

« C'est le mieux. Le mieux à faire. Puisque tu ne peux pas. »

Hein ?

« Ne m'oblige pas à mettre des mots sur tout. C'est gênant. On peut, genre, parler sans les mots. Vous les filles vous avez un rapport au corps très spécial. Un rapport très direct. Nous il nous faut un peu plus de (il cherche), un peu plus de temps et de formes. Par exemple ça se fait depuis toujours, c'est un fait culturel. À l'époque les Grecs faisaient ça tout le temps parce que les filles voulaient rester vierges, et là par exemple ce n'est pas un reproche mais vu que tu ne veux pas c'est-à-dire qu'on ne peut pas, mais ça va aller tout seul, pour que ça glisse je veux dire, donc d'abord tu me suces et ensuite ça va tout seul. »

Donc d'abord elle le suce.

Le disque s'arrête, elle comprend (geste de sa main) qu'il faut qu'elle le remette, elle attrape le bras du machin en gardant la bite dans la bouche et elle essaie de viser en prenant appui sur un coude, c'est complexe. « Grouille », entend-elle, « grouille c'est mortel ». Elle sent un filet chaud entre ses jambes. Ça va tacher la moquette. Coiffée-décoiffée va moyennement apprécier. Le disque redémarre, elle va finir par le connaître mieux que *Billie Jean*, il faudrait qu'elle réussisse à lire le nom du groupe mais ça tourne trop vite.

La bite lui glisse hors de la bouche. Il pousse une plainte — le renfourner. Un truc la gêne au fond du palais. Elle se met à tousser et le sang gicle et elle le contient d'une main entre ses cuisses, elle tousse et s'arrête une seconde. Il la regarde avec des yeux *tombés des nues.* C'est un poil. Frisotté. Pas étonnant que ça chatouille. Elle s'y remet, sa bouche s'active et sa main aussi entre ses cuisses, c'est bon, elle se démène, du nerf, pas mollir.

Mais il la repousse, ferme les yeux et respire façon yoga (elle s'essuie dans les draps). Que faire maintenant, que faire de tous ces bouts de corps — se rassembler — une explosion — ce serait bon de *jouir.*

« O.K. », souffle-t-il.

À quatre pattes derrière elle, ça fait un peu chien décidément, elle se colle à lui pour ne pas qu'il voie le sang (et les vergetures). Tant qu'ils restent collés-câlin ça va, mais tout à coup (c'est très surprenant) ça glisse dedans. Dans le trou qui est là. Voyons les choses en face : dans le trou du caca. Une douleur qui racle. Il lui tient fort les fesses et dit quelque chose comme « ça m'botte » — il le répète avec « petite » — « petite salope ». Pour une fois il a l'air de parler au premier degré. Et les mots entrent là eux aussi, produisent une tension bizarre, énervante mais pas désagréable, c'est comme si ça s'élargissait à mesure, quelque chose devient chaud et raide et plutôt bon (pas la bite, elle-même, son propre corps *là*).

Elle baisse la tête et regarde entre ses jambes. Elle a des couilles. Deux couilles qui lui pendent et se balancent, *gling glong*. Roses et imberbes, comme ses cuisses, qui sont plutôt jolies sous cet angle, affinées, musclées, résistantes, et son ventre et les deux petits seins et la sensation d'être vaste, étendue comme une campagne, et d'avoir un truc accroché qui s'agite, une sauterelle, c'est ça, un grand champ avec une petite sauterelle.

En se penchant encore, fesses en l'air et front au matelas (si Bihotz la voyait) elle voit nettement la bite, c'est drôle, un museau qui viendrait la fouiner, un long corps saucisse avec un nuage de poils frisés — avec ses quelques poils à elle ça fait comme un caniche rasé de partout sauf la tête et le cul. Un caniche qui s'allongerait et se raccourcirait, un caniche à ressort, *dzoing, dzoing*.

Il la redresse en tirant sur les hanches et en faisant un bruit rauque, il est cramponné, ça devient désagréable. Elle cherche à se frotter contre quelque chose. Mettre les mains elle n'ose pas, il paraît (Nathalie) que les vraies femmes jouissent sans les mains (même *comme ça*?). Elle descend les fesses à la recherche d'un oreiller ou d'une couverture en boule, c'est du sport — non, ça racle trop fort.

Arrête.

Arrête !

« Quoi ? »

Arrête, s'il te plaît. Ça fait un peu mal.

« Mais j'ai presque fini, là s'il te plaît oh là j'ai quasi fini », sa phrase se perd dans ses mouvements, ça fait franchement mal, il faudrait se détendre (Nathalie dit que les femmes frigides ne savent pas se détendre), heureusement ça ne dure pas et pile au moment où le 45 tours s'arrête il pousse un cri affreux.

Elle guette pour Coiffée-décoiffée mais rien. Ça coule de partout maintenant, elle s'arrange avec le drap, et pendant qu'il a l'air de dormir (ou de se remettre ?) elle récupère sa serviette dans le casque et la colle au fond de sa culotte, vite, et rabat sa jupe et halète pour la forme, comme lui.

Elle pose doucement sa tête sur son épaule et ils restent là, il s'apaise, elle ferme les yeux et voit la chambre bleue avec le paravent chinois et la fenêtre ouverte sur la rivière et comment le vent chaud soufflait sur leur visage.

« Tu vas rentrer comment ? » demande Arnaud.

Il rattache les boutons de son 501.

Elle avait pensé que peut-être il la ramènerait, voire qu'ils feraient une promenade ensemble (au bord de la mer), mais il suffit qu'elle passe un coup de fil (Bihotz) et *on va venir me chercher.*

« Te fatigue pas », dit Arnaud.

*

Elle est dans la voiture de Coiffée-décoiffée et le pays se déroule en sens inverse, lac-rivière-Milord-Moket'éco-silos.

Il n'a pas dit quand il la rappellerait.

« Ça va ? Tu as l'air toute chose. »

Ça va.

Elle a un peu mal au derrière.

« Tu as faim ? Il y a des chocos dans la boîte à gants. »

Non merci.

Elle voudrait être rapidement chez elle et se laver.

« J'aime beaucoup recevoir les copines d'Arnaud, ça met de l'animation dans la maison. Arnaud n'a pas de sœur, c'est mon grand regret. J'ai tellement souffert quand il est né — entièrement déchirée, de l'anus au clitoris, des mois d'incontinence — je n'ai pas souhaité avoir d'autres enfants. C'est triste, mais c'est comme ça. »

Heureusement il n'y a aucune chance qu'elle tombe enceinte. Et la maladie dont parlait son père, c'est dans deux ans, trois ans, et sûrement ça ne s'attrape pas comme ça. Elle serait au lycée et peut-être même après, elle serait grande, *jeune*, où serait-elle ? Elle aurait déjà vécu toute une vie. Peut-être avec Arnaud ? L'avenir entier contenu dans ces deux infinies années.

« Je n'échangerais Arnaud pour rien au monde, j'aurais juste voulu avoir une fille en plus. Tu reviens quand tu veux, j'irai te chercher et je te ramènerai, c'est un peu dangereux la mobylette à deux. Je l'ai dit à Arnaud mais il n'en fait qu'à sa tête. »

Le casque ? Qu'est-ce qu'elle a fait du casque de Bihotz ?

« Comme on est bête quand on vit seule. Le père d'Arnaud… Je connais ta mère, elle tient le magasin de souvenirs à Clèves-le-Haut, elle m'a dit que ton père aussi, que c'était difficile. Ta mère a beaucoup de goût mais elle ne peut pas s'exprimer, c'est le drame des femmes. Ta génération, il faudra continuer notre combat, transmettre notre héritage. »

Peut-être il lui téléphonera pour le casque.

Bihotz est sur son perron. Il lui semble soudain voir la vieille Bihotz, massive et penchée, poussée là depuis toujours, des lichens pour cheveux et une tête de mort sur le biceps.

Et pendant qu'il échange deux mots avec la mère d'Arnaud, il est encore différent, il a son air viril et responsable et un peu inquiétant et il la regarde comme s'il la déchiffrait, mi-défi mi-souci, et elle se demande : est-ce que c'est ça, *se faire enculer* ? Ou *violer*, est-ce que c'est ça ? Est-ce que techniquement, c'était ma *première fois* ? Rapport au récit qu'elle compte faire à Nathalie.

III
LE REFAIRE

Elle ne sait pas quoi faire de ses bras. Ils ont jailli de son corps et elle les trimballe accrochés à ses épaules. Avant, ils suivaient ses mouvements. Maintenant, on lui a mis des bras dont les extrémités sont des têtes. Elle a à s'en soucier autant que de son visage. Des mains-visages qu'il faut contrôler comme si on lui avait collé là d'autres Solanges. Dans les poches ça fait timide, mais les sortir c'est exposer à tous les regards ces longs êtres autonomes et horriblement dépendants à la fois, comme si tout ce qu'elle pense (rien, son embarras) tressaillait jusqu'à leurs ongles.

Les danseurs folkloriques déguisés en chevaux sont en train de sauter le plus haut possible. Les filles font la ronde en robe rouge et blanc, tressant et détressant des rubans sur un mât. Nathalie joue du flûtiau et Concepción du tambourin.

Tout le monde est en train de regarder ce qu'elle, Solange, fait de ses mains. Si elle sait tenir son corps, celui dont elle a écopé et qu'elle voudrait rouler en boule et cacher et vivre sans.

« Tiens-toi droite, soupire sa mère. Quel bébé tu fais. Regarde Concepción, ce joli port de tête. »

C'est le mariage du cousin de Bihotz. Ils ont de la chance, il fait très beau.

Son père n'est pas venu. Ça fait plusieurs jours qu'il n'est pas rentré. Se tenir droite et sourire, pour la publicité de la boutique.

Sa mère lui a mis de l'ombre à paupières. Elles ont choisi un rimmel mauve. Puis elle a tout défait devant la glace, à coups de coton imbibé d'Embryolisse, sa mère hurlait qu'on allait être en retard. Et elle a tout recommencé, exactement pareil mais seule, l'ombre à paupières rose et le rimmel mauve.

Si son père était là il montrerait sa bite.

Christian et Rose sur les gradins en face. Ils se tiennent la main.

Qu'importe, elle a aperçu Arnaud au vin d'honneur. Sa silhouette (il porte le 501 comme personne) lui a fait bondir le cœur.

« Tu n'es pas obligée de prendre cet air dégoûté, dit sa mère. Ce n'est pas le concert de Cure, je suis d'accord (elle prononce quilloure), mais ce sont les traditions locales et elles méritent le respect. Elles sont ce que nous sommes. Nous venons de là. »

Sa mère s'est mise à réapprendre la langue d'ici. Soi-disant que ses grands-parents ne parlaient que ça, même pas français ni rien.

Monsieur Bihotz est très gai, il est avec Delphine et sa mère et la mère du cousin, elle a renoncé à comprendre les liens dans cette famille *tentaculaire.* Au départ de Clèves il devait y avoir une souche Bihotz et ils se sont tous reproduits entre eux. Voyez-moi ça comme il rigole avec Delphine et sa grognasse de mère. Avec un costume qu'elle ne lui connaissait pas, et carrément un *nœud papillon.*

« Bon sang mais qu'est-ce que tu as ? râle sa mère. Tu crois que c'est facile pour moi, devant le monde ? J'aurais dû demander à Monsieur Bihotz de nous accompagner. Une femme sans homme est la proie de tous les regards. »

Le spectacle terminé, le flottement qui a gagné les gradins fait battre sa mère comme un rideau. Elle a eu cette idée de faire tailler, par la couturière du haut-bourg, deux combinaisons sarouels en liberty (quel fou rire ce matin quand elle a, par erreur, enfilé celle de Solange !). Elle l'a obligée à rajouter un cache-cœur mauve parce qu'il fait frais pour la saison. Est-ce que c'est l'absence de papa ? Sa mère ne se tient pas comme ça, d'habitude. Elle ne se dandine pas d'un pied sur l'autre.

En fait tout le monde est super-bizarre. Ils sont *sur leur 31* comme s'ils attendaient le grand vaisseau spatial qui les emmènera essaimer dans l'espace. Tout Clèves décollera sauf elle. Sa mère criera : « Solange ! » Ou Bihotz. Non, trop occupé à *courtiser* la mère de Delphine.

Planète Clèves 2000.

Le cousin de Bihotz a énormément maigri. Et sa mariée n'est pas la *bombasse* attendue. C'est juste une nouvelle Madame Bihotz, montée en chantilly avec un voile et des talons. Comme si le nom sautait d'une femme à l'autre. Et Monsieur Bihotz en garçon d'honneur qui papillonne. Tous les garçons d'honneur ont un nœud papillon, c'est grotesque.

Georges est témoin du marié (il est avec sa copine et leur petit garçon, qui porte aussi un nœud papillon). Quand elle croise son regard, il lui sourit à demi, mais il ne va pas la voir, et sa mère ne va pas le voir non plus. Et elle ne sait pas quoi faire, quoi dire, ses mains s'alourdissent encore au bout de ses bras.

Redevenir petite. Il lui semble bien que petite, l'extérieur ne pesait pas tant à sa surface. Qu'elle grandissait sans avoir à forcer, comme une plante dans l'air mobile. Sans déborder sur les côtés sous l'écrasement du monde. Elle voudrait se glisser dans des failles comme une graine, pousser différemment, ailleurs.

Le photographe demande de faire *cheese*. « *Ouistiti !* crie le marié. On est en France ici ! » Tout le monde rigole, clic, et Monsieur et Madame le baron d'Urbide arrivent. Ils ne veulent pas déranger, ils serrent la main des mariés, avec leur fille Lætitia toujours en noir, énormes chaussures à boucles et gants de dentelle sans doigts, inouïs.

« Dia celle-ci ! En deuil pour des noces... » ricane une des Lavinasse, enceinte depuis plusieurs années.

Arnaud est là-bas, à l'autre bout du gradin. S'il la voit avec sa mère, ça craint, pour le crash aérien. *C'était mon père,* elle expliquera. *Ma mère j'en ai rien à foutre.* Elle prendra un air tellement sublime qu'il se taira, impressionné par sa douleur. Sublime dans son sarouel à fleurs et son cache-cœur mauve.

« Tu m'écoutes ? râle sa mère. Ou tu te prends toujours pour le centre du monde ? »

*

Les deux mères se sont retrouvées dès le début du banquet. Elles étaient ensemble à Sainte-Marie-du-Bas-Bourg.

« Il est charmant, ton fils », soupire sa mère.

On voit son soutien-gorge à travers le liberty.

Arnaud ne cesse de faire des allers et retours entre les tables. Sa mère le fixe, c'en est gênant. Comme si elle avait des paysages intérieurs, des épandages à soi. Où Solange n'aurait rien à voir. Un air à faire son intéressante. Ou à avoir trop bu.

Elle-même a réussi à boire quatre verres de vin, sous son nez.

Elle voudrait ne pas penser à la pièce montée, aux choux répandus là dans le caramel, un éboulis de choux en accès libre. Après s'être entougné les salades en folie, les bouchées à la reine, le saumon en gelée, le granité aux pommes, la langue de bœuf aux câpres, la frisée aux lardons et la farandole de fromages. Ça faisait deux jours qu'elle avait réussi à ne manger que des tomates.

« Ces enfants ne pensent qu'à eux, dit la mère d'Arnaud. Je ne te raconte pas. Je sais par quoi vous êtes passés. Quel courage. Toi et ton mari. Un homme si bien. »

Sa mère sourit de son sourire commerçant. En fait elle est complètement partie. Bernadette à la grotte. Ce soir elle se couchera avec deux Valium et trois Di-Antalvic.

Arnaud parle avec Delphine et Lætitia d'Urbide. Il s'agirait de finir la soirée au Milord vu qu'ici la musique est impossible (Danse des canards). C'est le moment que Bihotz choisit pour l'inviter à danser, « allez Solange », avec cet accent qui emporte son prénom, le o et le an béants, Salaannngeuh.

Elle demande plutôt un café (son tout premier café). Tiède, amer, horrible. « Tu bois du café maintenant ? » — Bihotz rigole et la mère de Delphine aussi, on se demande ce qui est si drôle, ils vont danser.

« Il a l'air en pleine forme, Monsieur Bihotz », parvient à dire sa mère. Puis elle s'endort, le menton dans son soutien-gorge, aussi éboulée que la pièce montée.

La mariée est un peu défaite, elle a arraché son voile, elle est coiffée comme Concepción son premier jour d'école mais ses anglaises sont emmêlées, dansantes, elle semble totalement heureuse, totalement comblée, mariée pour le meilleur, avant la *nuit de noces.* (« Une souffrance aiguë la déchira soudain ; et elle se mit à gémir, tordue dans ses bras, pendant qu'il la possédait violemment ») (mais il faut croire qu'ils ont déjà couché, malgré qu'elle est en blanc.)

Arnaud parle de très près à Lætitia d'Urbide et elle reconnaît ça, elle a déjà vu ça : entre Rose et Christian. Oui, et entre son père et la pharmacienne aussi ; et son père et l'hôtesse de l'air. Et d'autres femmes, quand elle y pense.

Elle prend un chou, rapidement, discrètement. La mère de Delphine rigole si fort qu'on entend ses cris par-dessus la musique, des cris qui sortent de sa bouche grande ouverte, de son petit corps dodu dans les pattes à Bihotz.

Des jambes bondissent, des robes font des bulles, des mains s'ouvrent et se pressent. Elle s'essuie les doigts à la nappe. Elle se sent à la fois trop présente et vaporisée, incapable de se tenir à une limite ferme, à un point donné de la salle. Quoi faire de ce grand trou qui la dévore ? Elle pourrait fumer et boire et manger et avaler, se remplir de tout le banquet, de tout le village, de tout ce qui manque — tout manquerait encore.

Elle pense aux choux à la crème et à Arnaud. À Arnaud et aux choux à la crème. Ils se superposent, bourratifs, affreusement désirables.

Aimer c'est vouloir respirer l'air que l'autre respire (ou quelque chose comme ça).

Elle se lève et se dirige entre les tables, vers lui.

Qui s'exclame : « Angie ! »

Il prononce Heyndjiii.

Personne ne l'a jamais appelée comme ça.

C'est tellement sexy et rock'n'roll. Tellement autre chose que Solange. Tellement *ça*. C'est le nom de cette fille qui est cachée en elle, enfouie sous la fille poisseuse pleine de choux. Angie, que lui, Arnaud, est capable de voir.

Et apparemment, Lætitia aussi. Inexplicablement amicale. Comme si elles se connaissaient depuis toujours. Ou plutôt, non — au contraire — comme si Lætitia la découvrait, Angie, la fille derrière Solange. Instantanément complice — ah la nullité de cette soirée et combien c'est nul de se marier. Et combien Arnaud est nul aussi avec sa nouvelle coupe de cheveux, court devant long derrière, ce n'est pas parce que c'est à la mode que ça lui va bien.

Tellement libre, cette Lætitia. Tellement non conventionnelle.

Il faut qu'elle arrête avec *tellement.* Généralement, avec les mots en -ment. Angie est une fille cool et libre qui n'a aucun tic de langage et qui s'en fiche royalement de la mode, *la mode c'est de la dictature.*

Lætitia a du *shit,* ils sortent s'en rouler un et elle rate une marche, riant d'elle-même, tendant ses longues mains gantées pour qu'on la relève, pour qu'on l'extraie de la machine vaporeuse de ses incroyables vêtements, tulle, cuir, dentelle et métal, une mariée en noir et en vrac, un *antidote,* le mot saute dans la tête à Solange. Antidote toi-même, elle se met à rire, le fou rire les plie et replie sur elles-mêmes, l'une à fleurs, l'autre en noir, elles roulent comme des rugbymen.

« Elle est définitivement saoule », constate Arnaud.

On en est toutes là, dit Solange, hyper spirituellement. Hurlements de rire de Lætitia.

C'est comme un orage magnétique, quelque chose a basculé, la soirée s'inverse, la nuit s'éclaire, ce qui était horrible devient merveilleux.

Arnaud lui tend la main, à elle, à Solange, elle s'agrippe, se relève, un pied sur l'autre, poum poum, hippopotame toi-même.

Il la regarde intensément.

Elle essaie d'avoir l'air le plus *cool* possible. L'air de l'avoir fait des tas de fois, sans être *pute* pour autant. Ni pute ni pucelle. Pure. L'air hyper-sensuelle mais fragile comme Kim Wilde.

L'air de ne pas avoir bu.

Elle hoquette encore un peu de rire. Ce regard… Tout Arnaud est là. Ce visage qui se penche. Et ce parfum, leur passé, toute leur histoire qui revient…

« C'est quoi ce truc violet que tu as sur les cils ? »

Elle ouvre les yeux en grand.

« Tu as assorti ton Rimmel à tes fringues ? C'est d'un vulgaire. Plus vulgaire, tu meurs. »

*

Une après-midi lente chez Monsieur Bihotz, lui à désherber ses mousses de l'espace, elle à se plaindre de ne pas aller à la mer.

« S'il y avait un raz de marée, dit Bihotz, on serait bien contents d'habiter où on habite. »

Il se relève, rouge, suant, tête ovale chapeautée d'un bob sur un corps massif : elle voit une bite, une grande bite luisante ficelée dans un tablier de jardin.

Elle doit être malade.

Quand elle était petite, ils suivaient du doigt les lignes de niveaux sur les cartes routières, imaginant la mer montée partout, des golfes dans les plaines, des fjords dans les vallées.

Comment elle a pu s'intéresser à ces niaiseries, mystère.

À midi il a fait du lapin. Pourquoi pas du chat ou du chien ? Il a profité de son absence pour le tuer sans qu'elle pleure ni supplie. Sans qu'elle s'enchaîne au clapier comme ces militants anti-avortement aux tables d'opération (lui a raconté la mère de Rose).

Madame Bihotz leur cassait la nuque au coin d'une table. Elle ne veut pas savoir comment lui procède. Il a sa tête des mauvais jours. Et ses façons *mystiques,* comme dirait Rose. Il dit : « Parfois j'ai l'impression qu'on me confond avec le fils Boursenave. Parfois j'ai l'impression qu'on me prend pour le fou du village. Je vis bien autrement que ce qu'ils peuvent, avec leurs misérables corps factices. »

Ce qui se passe, c'est que vous n'avez pas réussi à vous faire la mère de Delphine.

Ce besoin qu'elle a de le tourmenter. Elle s'en fiche de lui, encore plus que de ses parents ! Mais dès qu'elle réussit à le vexer, à le *blesser,* c'est comme si elle avait peur qu'il ne l'aime plus. Comme s'il pouvait ne plus l'aimer. Et quand elle réfléchit comme ça, toute seule dans sa tête, c'est fou comme elle se sent adulte. C'est beaucoup plus facile que quand elle parle. Plus facile que si elle avait à *s'expliquer*. Par exemple avec Arnaud. (Avec Bihotz elle y arrive, parfois.)

« Et toi, dit-il soudain (avec la même vitesse de répartie qu'elle), tu as réussi à te faire Arnaud ? »

C'est de bonne guerre. Elle est juste étonnée qu'il ait retenu son nom.

Depuis le mariage, cent fois par jour elle forme son numéro sur le cadran. Sans soulever le combiné. 23 57 01. Puis elle s'engourdit, elle reste assise devant le téléphone.

Bihotz boit une bière dans la cuisine et elle en prend une aussi. Il a l'air ailleurs, à ne rien remarquer. Ce n'est quand même pas la mère de Delphine qui l'a mis dans cet état. Il a enlevé son tablier de jardin et dessous il a son tee-shirt loup, un tee-shirt que son père (ou Georges, ou Arnaud) préféreraient mourir que de porter, le même tee-shirt que le pompier.

C'était il y a si longtemps.

Elle ferme à demi les yeux dans la fenêtre ensoleillée.

Billie Jean. Les lèvres dures, les mains pressantes. Le loup, cou tendu vers la boule à facettes du Milord.

La pastille de temps se détache, s'approche en tournoyant, paillettes sur une ligne de basse. Les lèvres, les mains, *Billie Jean.* Et ce geste incroyable, ce doigt enfoncé là — elle entend sa propre voix : *Arrête, s'il te plaît. Ça fait un peu mal.* Les voix de souvenir, les corps de souvenir se mélangent. Il faudrait arrêter le curseur, stabiliser le temps et se trouver un corps et embrasser encore (autrefois elle appelait ça : sortir avec un garçon).

Bihotz reprend une bière.

Réessayer. Les lèvres, les mains. Fermer les yeux. Est-ce que ça s'est usé ? Est-ce que le temps s'use, à passer, et les souvenirs, comme des disques, est-ce que le temps laisse des poussières qui entrent dans les yeux ?

Elle se sent comme affaiblie. (*Fleur bleue,* ricanerait son père.) Elle voudrait lui dire quelque chose de gentil.

J'aime bien votre tee-shirt.

« Tu ne veux pas me tutoyer ? »

Vous tutoyer ?

« J'aime bien TON putain de tee-shirt. Et m'appeler par mon putain de prénom. »

Elle a les yeux qui piquent. Et la gorge serrée. Elle prend une autre bière, il ne dit rien.

Elle ne sait plus quel jour on est, là, dehors. Les jours se suivent sans autre intérêt que de l'emmener, comme un train, vers une arrivée où elle sera enfin libre.

Elle déteste quand il est méchant. Quand il fait semblant de rien. Semblant de ne pas la voir.

Elle s'installe à califourchon sur ses genoux.

Restez tranquille, Monsieur Bihotz.

Elle pose les lèvres sur ses lèvres.

Ce n'est pas du tout comme avec le pompier.

Elle se sent soudain extraordinairement joyeuse.

Restez tranquille, pouffe-t-elle entre ses dents pendant qu'elle s'applique à l'embrasser encore.

Il reste si tranquille qu'on dirait un morceau de bois. La seule partie qui bouge est là, dans son bleu de travail, ça devient dur et gros.

Elle s'écarte un peu et le regarde. Il a les yeux fermés, la bouche entrouverte. Elle le connaît tellement bien qu'elle ne parvient pas à le voir, à le voir *objectivement*. Le loup monte et descend sur la poitrine. La Lune énorme se plie et se déplie, craquelée par petites écailles. Il lave tout trop chaud, à 90°.

Elle se cale contre son ventre, décolle un lambeau de la Lune, remue doucement des hanches.

« Arrête », dit-il. Les yeux toujours fermés. Sa bite en pyramide sous son bleu.

S'il les ouvre, elle arrête. S'il les garde fermés, elle continue.

Elle écarte sa jupe pour être plus à l'aise, il suffit d'un petit mouvement, frotti-frotta, de culotte à pantalon, de tissu à tissu.

Il la repousse, les deux mains en avant, le loup aplati et la Lune en quartiers.

« C'est impossible, crie-t-il, comme s'il se débattait contre un mensonge — c'est impossible ! »

Comme si je l'avais jamais fait, argumente-t-elle. On n'en parlerait plus — elle se voit déjà pleine d'une assurance nouvelle, une nouvelle fille, une femme, *expérimentée*, les yeux lourds de mystère avec du rimmel noir.

« Ne me dis pas que tu l'as fait avec cet imbécile, gémit Bihotz. Ne me dis pas ça. »

Il a un air tellement mystique qu'elle se demande si c'est si grave (est-ce qu'il pense à la maladie de dans deux ans ?). En tout cas voilà une occasion inespérée de ne pas lui mentir, d'être gentille en lui disant la vérité, toute la Vérité :

Je suis vierge.

Le mot lui fait bizarre, grandiloquent (Sainte Marie dans sa robe tube bras levés au-dessus de l'église), mais enfin c'est la vérité, techniquement elle est *comme au sortir du ventre de sa mère*, il peut vérifier s'il veut.

Il a l'air épuisé.

« Tu viens de me dire que tu l'as déjà fait. »

Je l'ai jamais fait ! C'est ce que j'ai dit.

Elle le câline et il se tait. Ses joues rasées sont douces, il sent la lessive. Elle se frotte lentement sur lui, c'est très bon. Il va encore parler, elle l'embrasse, elle lui embrasse les paupières pour qu'il garde, surtout, les yeux fermés, elle se déhanche, elle le tient serré à deux bras, très fort, *Super Jaimie* c'est elle, il pousse un grognement mais la sensation est prenante, surprenante, aussi bon que quand elle se masturbe — quand elle glisse les doigts près du trou et qu'elle caresse en rond, quand ça devient très mouillé — et en effet l'humidité a gagné tous les tissus. Il n'est plus question qu'il bouge, attention, elle est collé serré et les reliefs viennent juste où il faut et elle se frotte et ses seins frottent contre le loup — images ultrarapides, la rivière et Arnaud et le paravent chinois et la boule à facettes et son père dans l'Alpine — puis il n'y a rien, le blanc, l'absence et le monde entier, elle rouvre les yeux et elle a Bihotz assis là sous elle.

Elle se lève en décollant la culotte entre ses jambes.

Ce coup-ci, il a l'air mort.

Sa bite forme toujours une pyramide sous son bleu de travail, plus foncé d'être mouillé, là.

C'était tellement rapide qu'il ne s'est peut-être aperçu de rien.

Elle lui fait une bise, il ouvre les yeux. Est-ce qu'il veut une autre bière ?

Elle veut être définitivement gentille avec lui. Résolution solennelle : désormais elle ne lui dira plus aucune vacherie, elle mettra le couvert et ce genre de choses, elle ne lui mentira plus (ou pour l'épargner), elle se débrouillera pour faire le mur quand elle dort chez sa mère.

« C'est impossible », répète Bihotz.

Il sort donner du grain aux poules, alors que ce n'est pas du tout l'heure. Elle le voit qui désherbe, à genoux avec son vaporisateur. Il lui a toujours dit qu'il se passait les nerfs comme ça, par exemple quand il a fallu qu'il aille à la plage avec elle et les Parisiennes et Rose et sa mère.

Ça semble impossiblement loin, toutes ces choses qu'ils ont faites ensemble.

*

Son père l'emmène en balade, à bord de l'Alpine qui réapparaît, bleu métal, dans un crissement de freins devant la maison de Bihotz éberlué (non, Bihotz avec sa tête à désherber). L'emmène en balade à la base nautique, il aurait bien aimé aller à la mer mais là ça va faire juste. Promis, la prochaine fois.

Elle se souvient quand elle était petite et qu'il lui parlait de la fin des animaux. Et de comment tout Clèves se vitrifierait sous les bombes.

Est-ce qu'il veut lui dire quelque chose ? Ce serait comme un parloir de prison dans les films, mais un parloir avec paysage défilant, levier de vitesse et frein à main (ou comme la grille dans les couvents).

« Profite bien de la voiture, parce que ta mère va m'obliger à la vendre. »

Il faudrait qu'elle dise quelque chose. Mais le vide se fait dans sa tête.

Ils ont l'habitude de rouler en silence. C'est même comme ça qu'ils se comprennent le mieux.

« Bah bah bah bah », ajoute-t-il, étrangement, comme s'il se parlait à lui-même une langue rudimentaire, la langue d'un pays désolé, avec des yourtes et des nomades. Et il secoue la tête, façon yack ou chameau.

Il faudrait pouvoir lui expliquer ce phénomène, que son cerveau s'arrête à mesure qu'elle voudrait parler. Un enfoncement dans la neige.

Quand elle est montée dans l'Alpine, ça lui a fait un truc inavouable. Azzaro pour Homme. Quelqu'un a dû l'offrir à son père. L'habitacle en est tellement gorgé que c'est comme respirer directement Arnaud, le corps d'Arnaud désintégré qui lui emplirait la bouche, le nez, les poumons, qui coulerait dans ses veines et battrait entre ses jambes.

Elle essaie de former des sons avec sa bouche. Mais ils éclatent comme des bulles, et ne reste qu'une impression blanche, un pli dans quelque chose qui se lisse dès qu'apparu, qui s'efface sitôt pensé.

C'est peut-être ce qu'il ressent lui-même. Ce qu'il y a dans son silence. Dans son parfum. Cette entente que les mots casseraient.

Comme ils se comprennent bien.

*

Lætitia l'a invitée à venir réviser les maths.

Elle passe la grille, elle sonne à la grande porte, la mère de Delphine lui ouvre : Mademoiselle est en haut.

(On lui aurait dit qu'elle viendrait, comme ça, en visite au Château…)

La chambre de Lætitia est au dernier étage, avec des posters mais aussi de vrais tableaux, des tableaux peints avec des cadres. C'est encore une chambre bleue (si celle avec Arnaud était bleue), la disposition est la même, un grand lit d'adulte face à la fenêtre, une salle de bains, une terrasse sur la rivière avec vue plongeante sur la piscine. Lætitia est allongée à la place où était Arnaud, ses petits pieds gainés de noir repoussent le dessus-de-lit et elle se love dans les draps comme si elle avait froid.

Arnaud, Arnaud, c'est ça la maladie, elle pense constamment à Arnaud, elle a été infectée et tout son cerveau, son corps est plein de lui.

Il faudrait qu'elle mette Lætitia au courant :

Je suis sortie avec Arnaud, j'espère que ça ne te dérange pas.

« Pourquoi ça me dérangerait ? »

Il m'a dit que toi et lui.

« Dans ses rêves. Mais c'est vrai qu'on est assez proches. On a la même moralité, il est très moral, très sain. Et très clairvoyant quand il veut. »

Oui, c'est un mec valable.

« C'est quelqu'un avec qui on peut vraiment parler. On croit que c'est cool de dire du mal, et en fait non, avec lui on peut vraiment parler des autres. Il t'a dit des trucs sur moi ? »

Non. Et sur moi ?

« Il m'a juste dit que tu étais un peu jeune. Mais il ne le disait pas méchamment. Il m'a dit que c'était genre un peu touche-pipi avec toi. »

Une avalanche menace de lui congeler le cerveau.

Cette blague. J'ai une sensualité débridée. C'est ça qui lui a fait peur. Quand je veux, je suis une vraie bombe.

« C'est vrai que le problème, c'est qu'il n'assume pas ses désirs. Il faut le prendre par la main. Il n'a aucune initiative. C'est carrément, genre, une *phobie.* »

De toute façon quand tu vois sa mère, tu comprends qu'il est pas clair.

« Tu sais, dire du mal, ça ne me plaît pas, et faire du mal, si j'en ai fait à des gens c'était involontaire. Mais je me méfie tellement de moi maintenant… »

Pourquoi ?

Elle aimerait bien revenir à Arnaud et déblayer dans l'avalanche mais il faut être polie, surtout pour une première visite.

« Autrefois je faisais toujours le bien mais j'ai des choses enfouies très profondes qui resurgissent et on n'y peut rien si parfois elles s'emparent de nous. Tu prends Delphine, par exemple, je sais très bien qu'elle dit du mal de moi, mais elle est épuisante, je suis pas un saint-bernard. »

La vérité c'est qu'elle est plouc.

« On ne peut pas dire ça, pas comme si c'était sa faute, mais elle m'énerve vraiment beaucoup.

Je ne veux pas lui dire, je lui dirai jamais d'ailleurs, mais elle est égoïste et elle a le melon. »

Exactement. Elle se croit, c'est du délire.

« Elle parle d'elle, ce qui est normal, mais d'elle comme pas possible et elle en fait un monde de sa petite personne. Elle ne peut pas poser les yeux ailleurs que sur son petit nombril. »

Delphine, d'après Lætitia, est très susceptible, ce qui explique tout. *Elle est mégalo,* renchérit Solange, « mégalo ? », *oui, il faut toujours qu'elle fasse sa mystique avec son père qui est mort ou on ne sait quoi et sa mère qui est prolétaire.* « Employée de maison, rectifie Lætitia. Delphine est comme ma sœur. Mes parents ont eu une fille avant moi et elle est morte, la maladie bleue. J'y pense tout le temps, je me vois sous la terre et je me dis : pourquoi elle à pourrir avec les vers et moi mon cœur qui bat ? »

Lætitia est exceptionnellement belle quand ces mots passent ses lèvres, la magnifique maladie bleue semble couler sous sa peau, on comprend pourquoi elle est toujours vêtue de noir. Elle fume, sourcils froncés.

Elle s'appelait comment ?

« Lætitia. »

Lætitia comme toi ?

« Lætitia d'Urbide. C'est le prénom préféré de ma mère. »

Des veines en L et U pulsent sous son front pâle. Elle tend le bras vers le cendrier mais la table est trop loin, elle se renverse dans les coussins comme si l'effort était trop grand et Solange veut ça, cette classe et cette allure-là, elle se renverse à son tour sur un pouf et soupire.

C'est vraiment fantastique. Toi et moi on a plein de points communs en plus d'Arnaud. On se comprend tellement bien.

La mère de Delphine apporte un plateau avec des verres et du Coca. « Des pailles », réclame Lætitia. Elles attendent en silence le retour avec pailles.

Lætitia a une jupe droite, des escarpins vernis qu'elle chausse et déchausse, un spencer noir qu'elle enlève parce qu'il fait chaud, et une sorte de body en dentelle noire, transparent aux épaules et opaque aux seins, avec de longues manches en gaze.

« La différence entre le copinage et l'amitié, reprend Lætitia, c'est que le copinage c'est l'entente parfaite, alors que l'amitié est plus forte mais elle peut être destructive. »

Ça ne me fait pas peur. Je suis vraiment sombre quand je veux.

« Tu es toujours amie avec Rose ? »

Elle n'a pas changé et moi beaucoup. C'est une profane, elle fume pas de shit, elle ne se drogue pas ni rien.

« Il y a des choses qu'elle ne peut pas comprendre. Elle est trop… pas assez sombre. Narcissiquement parlant, c'est une chose que je ne pourrais pas accepter. »

Je suis tellement d'accord. Elle est devenue frivole, futile. Elle a un Ciao, c'est comme une mobylette en mieux.

« Je sais. C'est frivole, futile. »

C'est une fille qui n'a pas le courage de s'humilier pour appeler au secours. Je suis trop fière pour accepter ça. Narcissiquement parlant.

« Elle ne sait pas se mettre en retrait. Elle a un tel charisme. Quand on y pense, vraiment un charisme sans limites. Il faut toujours qu'on ne voie qu'elle. Moi je suis une écorchée vive. Ma mère me le dit toujours. J'aurais pu moi aussi sombrer dans le charisme mais grâce au fait que je suis une écorchée vive, je pense aux autres. »

Je suis tellement d'accord. Toi au moins tu n'es pas conventionnelle. Tu échappes totalement au charisme. Pas comme Arnaud.

« Oui. Mais parfois ne rien faire comme les autres c'est devenu tellement répandu que ça en devient conventionnel. Tu vois ce que je veux dire ? Moi je m'imagine comme j'imagine que les autres m'imaginent et je prends le contre-pied. Je n'essaie pas d'être différente, je le suis, parce qu'être comme les autres pensent que tu es, ou vouloir être comme tu penses qu'ils pensent que tu es, c'est carrément frivole, futile. »

C'est sûr.

Les longs bras gazeux de Lætitia zigzaguent devant ses yeux, et ses cheveux bouffants sentent incroyablement bons — le shampooing cher, l'air cher contenu dans leur masse gonflée.

« Mon problème, c'est que je suis tellement lucide. C'est le fait de savoir où j'en suis qui fait que je suis terriblement paumée. Parce que là où j'en suis, c'est pas joli joli. »

Ce disant Lætitia semble au bord des larmes.

Qu'on puisse ne pas être contente de son sort dans un château avec piscine —

Pourquoi ?

« Je le sais bien, j'ai un seul défaut : je suis lucide. »

Lætitia semble soudain dévastée, cambrée en arrière dans les coussins, et il faudrait la *consoler* (de quoi ?), tapoter son soufflé châtain, ou genre faire la zouave, mettre un oreiller sur la tête et jouer Napoléon comme Jacques Dutronc dans *L'important c'est d'aimer* qu'elle a vu à la télé en cachette de Bihotz.

Elle se penche vers les cheveux toujours aussi mousseux et son nez s'y enfonce, il n'y a pas de fond dans ce nuage merveilleux.

Lætitia baisse les yeux sur sa paille. Un fin trait noir parcourt toute la longueur de ses paupières (comment fait-elle pour ne pas déborder ?). Son visage est tout près, large et plat comme un objet. Puis il s'anime et monte vers elle, les yeux s'ouvrent et tout le regard jaillit, Lætitia, la bouche de Lætitia rencontre sa bouche.

Elle appuie de son côté, goût frais et pétillant, son coude glisse, les dents cognent, les verres de Coca font cling — recul général.

(Est-ce que Lætitia est *lesbienne*?)

(Dans *L'important c'est d'aimer* à un moment on voit une femme qui est comme déguisée en homme avec carrément une fausse bite fixée genre avec un harnais, et une fille toute nue qui a l'air folle ou droguée, et il faut comprendre que, enfin ça a l'air impossible mais c'est quand même fortement suggéré.)

Il faudrait dire quelque chose.

(Est-ce qu'elle a du poil aux seins ?)

C'est la première fois que je le fais avec une fille.

Ce qui laisse toujours entendre qu'en revanche les garçons.

« Moi aussi », souffle Lætitia.

Ce sera notre secret. On ne le dira à personne. Tu me jures ? Jure.

« Je le jure », dit Lætitia avec beaucoup de gravité. En agitant les jambes et soulevant les hanches pour remettre ses vêtements en place.

On ne le dira à personne mais je veux bien qu'on se le dise à nous.

Lætitia allume une cigarette et ne dit rien.

Je veux dire que je veux bien que nous on se le dise, et pas qu'on se retrouve gênées ou je ne sais quoi, comme si ça pouvait être gênant et qu'on n'en parle plus jamais.

Elle a l'impression de s'être dédoublée et de se regarder parler, sérieuse et concernée, assise au bord du lit avec Solange et Lætitia — où est passée la première Lætitia, celle qui voulait l'embrasser ?

Je suis sûre qu'on se souviendra toute notre vie de ce moment, insiste-t-elle. *Toute notre vie. J'en suis absolument sûre.*

Lætitia aussi en est absolument sûre. Elle joue du bout des ongles avec une éraillure de son Dim'Up. D'un autre côté (dit-elle, la jeune baronne) ce n'est pas comme si on pouvait *décider* de ses souvenirs, il lui arrive d'oublier des choses encore plus importantes, et d'avoir de ces moments de saisissement où elle est sûre (elle Lætitia) que ce qu'elle vit, elle s'en souviendra toujours, et pourtant après elle oublie. Ou bien, bizarrement, elle se souvient de choses minuscules. Par exemple un bout de paysage à la fenêtre de l'Audi, quelque chose de complètement extérieur à elle et qui, pour Dieu sait quelles raisons, s'imprime à tout jamais. Sur le moment ça n'a l'air de rien, et en fait c'est un moment intense, qui s'incruste dans le cerveau comme, elle ne sait pas, un diamant.

Solange est complètement d'accord.

Ça les laisse pensives.

*

Il paraît que Delphine est une *nympho.* Pas exactement une pute ni une salope. Ni une *fille facile.* C'est plus sur le versant malade de la chose (explique Nathalie). Ça veut dire qu'elle ne peut pas s'en empêcher, pas pour faire le mal mais juste parce qu'elle ne pense qu'à ça. Pire encore que Slurp. Et ça la démange tellement qu'elle le fait avec n'importe qui. Elle s'est même teint les cheveux en violet. Il paraît qu'elle a dépucelé la moitié des garçons du lycée. Même Arnaud il paraît que c'est elle (et que c'est tout récent).

Déjà que sa mère est une fille-mère.

« Je ne vois pas le rapport », coupe Rose.

Depuis quelques mois Rose dit des choses intimidantes d'un ton hyper-responsable et avec un esprit grand ouvert. Comme ses parents. Elle s'entendrait sûrement bien avec Lætitia (sauf qu'elles ne peuvent pas se voir).

« Si sa mère avait eu le droit d'avorter — continue Rose — Delphine ne serait même pas là pour qu'on la traite de nympho. »

Concepción se signe avec discrétion.

(Il paraît que si on fait le signe de croix à l'envers on va en Enfer.)

« Vous croyez que c'est par plaisir (insiste Rose) que sa mère est tombée enceinte à l'âge qu'on a nous ? »

Un monde sans Delphine. Dans ce monde-là, elle en est sûre, c'est elle, Solange, qui serait à la place de Delphine. À coucher avec tous les garçons. Pas de façon hautaine et branchée, comme Lætitia, ou cool et libérée, comme Nathalie, mais de façon sale et qui-ne-peut-pas-s'en-empêcher.

C'est ça qu'elle a. Elle est nympho. C'est cette maladie qu'elle a.

Les autres (Rose, Nathalie, Concepción) ont la tête penchée sur leur livre d'histoire-géo. Elles sont réunies chez Concé pour réviser. Le traité de Yalta.

Une photo avec seulement des hommes.

Est-elle vraiment la seule à avoir cette vision — seulement des bites sous ces manteaux épais ? Toutes ces bites entourées de poils (bruns, blonds, gris, blancs), couchées sous le ventre de ces hommes assis, pendues dans les caleçons de ceux debout derrière ?

Celui du centre, le seul dont on voit le pantalon, a l'entrejambe tout plissé.

Est-ce qu'on parvient à se concentrer, quand on a une bite ? Est-ce qu'ils ne pensaient pas à leurs bites en signant ces contrats ? Est-ce que ça ne se met pas à durcir *inopinément* alors qu'on est en plein milieu de se partager le monde ?

Les bites vivant leur vie de bite dans tous ces pantalons, les bites petits gnomes de chacun de ces hommes, les bites à leurs affaires de bites. Les bites à Yalta lavées ou pas lavées, molles ou tendues, puantes ou fraîches, irritées ou tranquilles, dont personne ne s'occupe ou, au contraire, objet des pensées de chacun.

C'est ça qu'elle voudrait apprendre, c'est l'Histoire de la bite, c'est comment on fait et comment on vit quand on a ça au lieu de ça.

Elle se balance sur le bois dur de sa chaise, la couture du jean lui entre délicatement dans les chairs, elle remue les hanches avec discrétion.

Solange elle a une *sensualité débridée.*

Dévier un peu les regards sur elle, dans cette après-midi d'histoire-géo tellement ennuyeuse (il faut qu'elle arrête avec *tellement*). Rendre tout ça un peu excitant, cette vie-là, ces têtes penchées sur tous ces livres, ces chattes collées sur toutes ces chaises.

Lætitia a voulu coucher avec moi.

Une bombe atomique.

Nathalie a l'air tellement atomisée que rien que pour ça, ça valait la peine.

Rose rigole et Concepción se re-signe, c'est un tic, comme d'autres se tortillent les cheveux ou se rongent les ongles ou disent « oh mon Dieu ».

Nathalie et Rose veulent des détails, évidemment (Concé aussi, même si elle reste muette).

Elle m'a demandé quand je suis allée la voir au château.

Elle marque une pause. Pour l'effet, mais aussi parce qu'elle hésite. Que raconter. Qu'est-ce qui est le mieux à raconter.

Elle m'a roulé une pelle, c'était divin, mieux qu'avec tous les garçons avec qui j'ai baisé.

Nathalie a la bouche grande ouverte et les yeux qui roulent et elle se renverse et tombe par terre et mime un bruit d'agonie.

Franchement il n'y a que les filles qui savent embrasser. Quand je pense qu'on se fatigue avec les garçons.

Rose prend l'option *maîtresse d'elle-même.* Pendant que Nathalie glapit sur la moquette et demande si vous aviez fumé ou quoi, elle dit qu'elle, Rose, les filles avec qui elle l'a fait, c'était plutôt moins bien que les garçons. Parce que quand même, la pénétration. On dira ce qu'on voudra.

Mais tu es débile ou quoi, bien sûr qu'elle a voulu me pénétrer, *c'est moi qui n'ai pas voulu. Je vais pas me laisser violer par une gouine.*

Lætitia avait une espèce de bite en plastique qu'elle a voulu lui mettre dans le derrière, enfin dans la chatte.

Concepción a la main sur la bouche.

« Ça n'existe pas, une bite en plastique », affirme Nathalie.

Si, ça s'attache autour de la taille, comme ça.

« Et mon cul c'est du poulet ? »

Comme toujours quand la conversation devient sérieuse. Rose se lance dans un discours en plusieurs points, comme quoi et d'une, sa mère aussi a effectivement une bite en plastique, elle l'a trouvée dans le tiroir de sa table de chevet ; et que, de deux, ce n'est pas bien de se moquer des gouines, d'abord (de trois) le mot n'est pas poli, et que, de quatre, chacun fait ce qui lui plaît, on vit en démocratie, on est quand même en France sous un président socialiste.

(« C'est pour les gens comme toi que mes parents ont voté Mitterrand », lui a-t-elle dit quand la moitié du village voulait fuir de l'autre côté de l'océan. « Moi j'aurais voté Lutte ouvrière. Les socialistes sont des faux-culs, au bout du compte ils servent le grand capital. » L'air tellement intelligente, mûre, *sexy*, quand elle dit ça. La charité du vote de Rose pour ses pauvres parents qui se font *entuber* en votant à droite, c'est horrible.)

« C'est cool d'être *bisexuelle* », réagit Nathalie avec retard (elle a rendossé son costume de Super-Nathalie). « D'ailleurs tout le monde est bisexuelle. Les garçons aussi sont bisexuels. »

Protestation générale.

« Bisexuel c'est deux filles à la fois », explique Nathalie.

Concepción confirme : sa cousine de Saragosse l'a fait avec le mec de sa meilleure amie ET sa meilleure amie. « La meilleure amie se faisait mettre et ma couchine faisait un pipe. »

UNE pipe, rectifie Solange. *On dirait Jane Birkin qui dit UN chanson alors que ça fait deux cents ans qu'elle vit en France.*

« Mais il n'y avait qu'un seul pénis ? » s'étonne Rose avec une logique subite — ou un sens pratique — qui fait rire tout le monde (à moins que ce ne soit le mot pénis).

« Vous savez comment on dit vagin en espagnol ? demande Nathalie. Oune éclouche. Parche que ch'est là où pachent les péniches ».

Concé est trop absorbée pour se vexer (ou pour comprendre).

Est-ce que le garçon le faisait alternativement ? Un coup pipe, un coup bourre ? Solange voit des choses.

Un coup la bouche, un coup la chatte ?

Tout semble possible.

Ses trois amies aussi fixent le phénomène, qui les prend, qui les hypnotise. Au centre de la chambre, des corps qui n'y sont pas, des formes qui les emmènent, envoûtées, laissant sur place leur enveloppe de collégiennes. Elles ressemblent aux enfants pâles du *Village des damnés.*

« Il avait quarante ans », justifie Concepción. « Le mec de la copine. »

Tout s'explique. Mais les images qui vacillent là, corps nus dans l'espace convulsé, restent difficiles à stabiliser, un peu comme des Playmobil rétifs, mal adaptés à ce qu'elles entrevoient d'une certaine élasticité du monde, attirante, inquiétante, ou peut-être (craint Solange) aussi limitée que Clèves.

Concepción (on est chez Concepción) va chercher le catalogue *Trois Chuiches* de sa mère et fouille dans les pages lingerie. Ce n'est pas là. Elles lui arrachent le catalogue, il faut chercher dans les pages salle de bains, hygiénique et tout ça. Entre des tire-lait, des charlottes de douche et des gratte-dos, il y a un masseur portatif de visage, bizarrement pointu, qui raffermit les traits et lisse les plis nasogéniens. Livré avec deux piles.

« C'est exactement ça, confirme Rose. Vous voyez bien que je ne raconte pas n'importe quoi ! »

On dirait qu'elle a complètement oublié que c'est elle, Solange, qui s'est fait violer par Lætitia.

Un petit obus, plus long que large, comme un suppositoire mais en plus gros. La fille de la photo, nuisette en coton blanc, le tient contre sa joue avec l'air d'avoir vu la Vierge.

Elle lui ressemble. Ça la saisit. La même inclinaison de tête, le même air un peu triste, le même regard dans le vide que sur la photo d'elle vers cinq ou six ans. Elle tient contre sa joue le lange de bébé qui lui sert de doudou. Si doux et pelucheux qu'il n'a plus de poids, un lambeau d'une matière spongieuse, prélevée sur une espèce disparue.

« C'est ça qu'elle a voulu te mettre, d'Urbide ? » s'informe Concepción qui voudrait être sûre.

Elle se sent soudain très fatiguée.

Elle est attachée ou droguée, comme la jeune fille de *L'important c'est d'aimer.* Lætitia — une Lætitia plus âgée, ou peut-être la mère de Rose (avec ses bottes rouges) — est penchée au-dessus d'elle (ou derrière elle ?) (elle est à quatre pattes ?) et va la *mettre, la lui mettre.*

Elle voudrait être dans son lit et s'endormir la main dans la culotte.

Elle est malade. Elle doit être malade.

« Une grosse gouinasse », conclut Nathalie sous les appels de Rose à la *tolérance.* « Une sale putain de goudou, avec ses airs de ne pas y toucher. »

« Arnaud l'appelle Moket'éco », pouffe Concepción.

(Concepción *connaît* Arnaud ?)

(Elle glisse à la surface d'une planète qui tourne trop vite. La seule chose certaine, finalement, la seule chose sur quoi on puisse refermer les doigts (hors le lest que nous donnent les morts, mais ce lest va de soi), c'est cette masse charnue qui tient entre les jambes, vivante et épaisse, sanguine, de plus en plus poilue, de plus en plus autonome, grande, profonde, inconnue, ouvrant une gueule humide, froncée et perspicace, sur le manuel d'histoire-géo.)

(Elle finira par se détacher, pattes velues et ventre au sol à la rencontre avide du monde, si elle, Solange, reste peureusement en arrière, à étudier dans une chambre avec ses fichues copines pour la vie. Elle finira par courir d'elle-même, vivra sa vie de créature et rentrera dans la tanière entre les jambes, pour la faire jouir, elle Solange, misérablement seule dans son lit.)

*

« Je ne voudrais pas te faire du mal, lui dit Arnaud au téléphone, ne tombe surtout pas amoureuse de moi, c'est le pire qui puisse t'arriver, la monogamie n'est pas mon fort, la vie est trop courte pour être monogame, est-ce que les musiciens jouent sur une seule gamme ? Ah ma petite Angie, tu es mignonne, tu es à croquer, seulement il faut penser à toi, j'ai hâte de partir à Bordeaux, je ne t'ai pas dit ? Je suis pris en philo, il faudra venir me voir, mais ma copine risque de faire la gueule, je ne me vois pas te loger à la cité U, hu hu hu, ou je viendrai dans ton village, dans ton petit village, dans ta chambre avec tes poupées, je sens que ça va bien m'exciter, tu n'as plus de poupées ? Je rigole, j'ai une voiture maintenant, je passerai te prendre et tu me feras les trucs que j'aime, tu sais, avec la langue, tu te débrouilles moins bien que ma copine mais tu es nettement plus bandante, j'adore comment tu te laisses faire, tu aimes te laisser faire ? Tu es maso sur les bords, j'adore. Tu es habillée comment là ? Dis-moi comment tu es habillée. Surtout ne m'attends pas, trouve-toi quelqu'un de bien, un type solide, un *gros gaillard* de ton village. Embrasse-moi, embrasse-moi mieux, sur le chibre, sur ma bite quoi, je la tiens bien là, vas-y suce-moi, vite, il faut que je raccroche, caresse-toi les seins, caresse-toi je te dis, mets-toi le doigt dans le cul — Arnooooo — mais si, allez, mais si, il faut que je raccroche, pense à moi et bouge ton petit cul salope oh oh — Arnoooooooooo — pense bien à moi dans ton joli petit cul uh uh. »

« Il est hyper-classe ce type », admire Nathalie quand elle lui raconte ce coup de fil plutôt inattendu — son premier coup de fil, la première fois qu'il l'appelle de sa *propre* initiative — qu'il ait pensé à l'appeler avant de partir à Bordeaux, lui déjà en fac, lui déjà *en couple* — ce coup de fil qui lui a fait tellement plaisir et l'a laissée brûlante et pleine de questions. « Il a raison sur la monogamie, tu ne peux quand même pas attendre qu'un type comme ça reste chaste et tout, atterris ma fille, il faut se libérer, mais le faire au téléphone ça doit être super-excitant, là franchement je t'envie. »

Elle a passé sur ce truc d'être maso qu'elle n'a pas bien compris et aussi sur le doigt dans le cul, ça la gêne un peu (et pourtant à Nathalie elle lui dit tout). Au fond, en y pensant bien, il est possible qu'elle soit un peu coincée sur les bords.

*

Sa mère s'habille comme pour sortir, avec sa combinaison sarouel en liberty. Est-ce que Solange veut bien mettre la sienne ? Elles ont quelque chose à faire. Toutes les deux. Entre femmes. C'est important. Solange est désormais assez grande pour comprendre.

Il semble qu'elles s'habillent en fleurs pour aller tuer quelqu'un.

C'est un de ces matins de boutique fermée où sa mère a comme des comptes à rendre. Elle n'a pas les clientes sous la main, et c'est comme un défaut de réglage, comme si elle voulait convaincre Solange de lui acheter le stock, avec des phrases sujet-verbe-complément et un accent pointu, un accent de Paris, un accent menaçant, l'accent de la boutique.

C'est la Toussaint mais chaud comme l'été. Le ciel est bleu foncé. Les platanes ont des feuilles rouges. Les chênes d'Amérique sont d'un rouge exagéré (comme tout en Amérique). Les découpes aiguës des feuilles, dans le relief brûlant du vent, c'est comme une tromperie de la lumière, et cette sensation d'être exclue du décor, que le monde est intouchable sous une mousse de couleurs.

Sa mère a acheté d'énormes pots de fleurs assortis aux arbres. Rouges, bruns et dorés. Chaque année elle voit ces pots dans le garage. Là ils brinquebalent à l'arrière de la R5.

L'Alpine de papa n'était pas dans le garage. Elle n'est pas non plus devant la pharmacie (on ne sait jamais).

On dépasse le Moket'éco et le Milord et les silos. On dépasse même la base nautique, mais on ne prend pas la route de la mer. On traverse toutes les vignes du domaine d'Urbide. Après il y a encore des kilomètres de maïs.

« Le maïs, c'est moche. Juste à la hauteur des yeux. Le blé, au moins, ça ondule. La mer, ça fait un horizon. Mais à cause de ton père, il fallait qu'on soit près de l'aéroport. Enfermées dans un pays à maïs. On n'est pas des poules ! »

Glousse sa mère, avec ce ton d'espérer la faire rire.

D'un coup il y a une descente, et un autre pays commence, sur un autre niveau, comme si sa mère avait trouvé l'entrée d'un autre cercle, façon science-fiction.

C'est un pays de pins, avec des dunes de sable. Elle écoute distraitement sa mère lui expliquer que cette forêt est plantée de main humaine. Une clairière jaune éclate de temps en temps, avec de la bruyère et des fougères rouges, et c'est comme assister à un moment sans hommes, une déchirure sur un temps d'avant : voir la terre pelée de toute pensée, de tout regard. Elle aspire très fort par la bouche pour essayer d'entrer en contact avec ça, avec la Nature d'avant les hommes. Dès qu'elle voit une clairière, elle se concentre et ça lui entre dans le corps, la matière du début, les atomes inchangés.

« Tu veux qu'on arrête ? Tu as mal au cœur ? »

Elle voudrait aller en Amérique. En Amérique il doit y avoir des tas d'endroits où l'homme (et la femme) n'a jamais mis le pied (n'ont jamais mis les pieds). De fait, elle est un peu étourdie (ou ballonnée) d'avoir essayé de penser à la Terre sans les humains. Et aux atomes des Indiens morts, eux-mêmes faits d'atomes de dinosaures, portés par le vent et la mer, et dont elle est faite, en ce moment même où elle respire.

Sa mère se gare devant un mur de pierres et salue une vieille dame pleine d'arrosoirs. « Je vous présente ma fille, Solange. » Bonjour à la dame, dont les atomes ont l'air authentiquement anciens. « Je me disais bien que vous viendriez, dit la dame. Pas un an que vous avez manqué. Et votre monsieur ? Les hommes, toujours le travail. Toussaint et on voit des bourgeons aux pins. »

C'est un petit cimetière avec des tombes de guingois, ensablées plus qu'enterrées. Sa mère dans son sarouel s'est armée des pots de fleurs et lui a donné un arrosoir à remplir au robinet là-bas. Il y a des tombes marquées 1857 et même 1864 et même 1793, l'année où on a coupé la tête de Marie-Antoinette.

Il n'y a pas de limite entre le sable sur lequel elle marche et le sable qui contient les morts. Juste un peu de gravier pour soutenir le pas des vivants. Sinon elle s'enfoncerait directement jusqu'aux fosses, ou une main crèverait le sable, comme dans *Carrie*, pour la saisir par les chevilles. Le gravier la tient au-dessus de ces gouffres, comme les cercles de cendre retiennent les vampires.

« Solange ? »

C'est sa mère. Elle se dépêche avec l'arrosoir, le robinet coince, vite. La tête de la vieille rigole sur le mur.

Elle court vers sa mère en renversant de l'eau, enjambe des globes d'immortelles, des fleurs en céramique, des anges aux couleurs passées et des Souvenirs en lettres écaillées. Ne pas marcher sur les tombes. Marcher *entre* les tombes.

Tête baissée dans le sarouel de sa mère et tout a rapetissé, les tombes sont minuscules. Sa mère jardine les morts, ouvre le sable et y plante des choses et en tire des herbes et des nœuds, des filaments translucides, des machins emmêlés qu'elle replante et renfouit, dépotant les grosses fleurs pour les renterrer, enfonçant ses ongles et lui demandant d'arroser, se rinçant les mains sous le filet d'eau de sorte que l'eau, ayant passé sur les mains de sa mère, emporte d'elle sa sueur, ses cellules, ses atomes, et plonge sous le sable et y repousse mêlée aux morts de ce pays.

La photo scellée sur la dalle est la même que celle de la table de chevet. Une photo qui maintenant, quand elle essaie d'y repenser dans la voiture, se confond avec celle qu'on voit partout dans les journaux et à la télé, de ce petit garçon jeté dans une rivière et qui s'appelle Grégory, le petit Grégory.

Sur la dalle, la date indiquait, chiffres hypnotiques, qu'il était mort avant sa date à elle, un peu plus c'était son anniversaire qui était gravé là sur la pierre, ce qui n'avait aucun sens, sinon que, comme deux trains, elle et le fils de ses parents s'étaient ratés de peu.

Il devait bien y avoir un prénom, mais le soir dans son lit elle a beau revoir la tombe, la faire resurgir en laissant la lumière allumée, la forme s'évanouit, la voiture s'éloigne et le maïs repousse, et les vignes et le Milord et le Moket' éco, pendant que là-bas, anormaux et impossibles, demeurent la tombe et le prénom, et le sable et les racines et les pots de fleurs. C'était là-bas et elle a oublié (et demander ouvrirait la brèche de ce pays-là pour le déverser dans celui-ci, celui-ci le seul à peu près vivable, le seul à peu près possible).

*

La mer, enfin.

Ils étaient à moitié endormis après leur bain, il lui caressait les bras, les genoux, les hanches, et le voilà qui a posé sa tête sur ses cuisses, la bouche frôlant l'ourlet du maillot, c'est presque insupportable.

C'est comme si cette chose qu'elle a entre les jambes réclamait à boire, sans se soucier de sa tête, là-haut, qui n'a pas tellement soif ou qui, disons, regarde cette chose avoir soif là en bas.

(Il faut qu'elle en termine avec les tellement.)

Il doit venir un temps, quand on est adulte, où on fait tout machinalement, ça et le reste, et on doit être bien tranquille, à ne plus *ressentir* comme ça.

(Solange elle est tellement sensible.)

Elle lui prend la main et la pose là, où il fait soif. Toute l'eau de son corps fuse dans son maillot déjà humide du bain. Il faudrait qu'il entre ses doigts, plusieurs doigts. Mais il ne fait qu'effleurer l'élastique, gentiment et presque tendrement. Alors elle coince sa grosse tête entre ses jambes et se frotte comme elle peut, sur son nez, sur son front, sur sa bouche, sur ce qui dépasse, elle se contorsionne pour qu'il aille où elle veut, qu'il y enfonce enfin un peu la langue — mais il ne veut pas, elle appuie comme une dingue mais il reste en surface, délicatesse mouillée, c'est à hurler.

« Je deviens fou » — se relève Bihotz (alors que c'est elle, qui devient folle).

« Je deviens fou », répète-t-il, presque suppliant, comme s'il réclamait de l'aide aux mouettes.

Il s'est rassis à l'avant. Sa lèvre supérieure brille, moussue, comme s'il avait bu une bière. De la voir, cette lèvre, elle se tortille d'inassouvissement.

Elle se souvient que ça porte un nom latin, vu que c'est un peu gynécologique et qu'on n'a pas trouvé un bon mot simple comme « pipe ». La seule fois où quelqu'un lui en a parlé c'était Nathalie : que les vrais mecs ne font pas ça. Que c'est un truc de pédé.

C'est sûr qu'Arnaud ne ferait jamais un truc comme ça.

Elle ne va quand même pas *se branler*. Elle se glisse à ses côtés en remontant du même élan son bas de maillot. Rien ne va être possible à l'avant. Tout semble en fusion derrière le pare-brise. On est dans un aquarium où l'eau est remplacée par du soleil liquide.

La mer et le soleil, explosifs. Rochers, ressac, couleurs, et les cris des mouettes qui font des éclats rouges.

Elle a enfin eu sa journée à la mer.

Elle s'est baignée à lui faire peur, dans les vagues, à ne plus vouloir sortir. Elle a réclamé des glaces. Ensuite elle n'a jamais voulu rentrer à Clèves et ils sont allés au restaurant. Elle a à peine touché ses langoustines mais elle a englouti son fondant au chocolat. Comme elle était un peu barbouillée ils ont attendu avant de reprendre la route, dans le J7, allongés à l'arrière, le pare-brise enflammé par le couchant.

Il la regarde comme si, en transparence, il voyait la Mort ou elle ne sait quoi.

Faites pas cette tête.

Les tatouages sur son torse nu sont plissés par sa position. Un long museau a poussé au tigre. La rose a des yeux chinois. Dessous, pas très loin, sous le short de nylon, sa bite fait sa pyramide. C'est comme un homme fait de morceaux, avec une tête de mort et le nom du groupe AC/DC sur le bras. Paraît que ça veut dire *Ante Christ* quelque chose.

Des surfeurs, là, à quelques mètres, font dans la mer des mouvements impossibles. L'écume qui les sépare d'eux est comme la ligne entre les morts et les vivants — mais c'est peut-être elle qui est vivante, se dit-elle soudain, *c'est peut-être moi la vivante et tous les autres sont morts* (sauf Bihotz, plutôt encombré de son corps hyperprésent).

Ils sont garés sur une plage où campe une communauté dont ils ne seront jamais, misérables Cliviens, pathétiques villageois enclavés pour toujours. Ces surfeurs glissent au centre d'un monde qui tourne sans elle. Leurs yeux ne voient que les vagues, leurs oreilles n'entendent que les sirènes, leurs capteurs ne percevraient même pas sa présence. Ils sont d'un autre corps, d'une autre chair — quant à leurs bites — ont-ils une bite ?

Sorti du van d'à côté un type étend sa combi sur un fil à linge. Il est très blond, les yeux couleur mer, le nez couleur soleil, un joint à ses lèvres desséchées.

Les vagues éclatent derrière les rochers, des spectres soudains avec des bras partout, qui retombent, chargés de lumière rouge.

Le type aux lèvres craquelées embrasse une créature. Comme la Vénus sur sa coquille Saint-Jacques, elle semble avoir surgi telle quelle dans son tanga fluo. Bouche humide, mains apaisantes, née pour l'hydrater de partout.

(Elle revoit une pub de quand elle était petite : une fille presque à poil, « demain j'enlève le bas. »)

Bihotz démarre le J7 et recule.

On rentre dans un silence élastique, commencé là, à la mer, et qui s'étire, tendu à craquer, jusqu'à Clèves.

*

Sa mère lui demande de garder la boutique car elle doit voir un *avocat*.

On est samedi mais le village est vide. Le vent du Sud a dispersé tout le monde vers la mer.

Derrière la vitrine, sensation brûlante de ce qui manque.

Elle s'est quand même habillée avec soin : un 501 donné par Lætitia (et accepté bien volontiers), un pull en coton ajouré qui met en valeur son peu de seins, et un bandana noué autour du front, cheveux bouffants dessus.

Elle se jauge dans les carrés de miroir collés sur la moquette des murs (quand les clients veulent se voir en gilet de berger). C'est fou ce qu'un 501 vous allonge.

23 57 01.

Pas un coup de fil d'Arnaud depuis qu'il est à Bordeaux.

Le téléphone trône, horriblement accessible, comme un gâteau au chocolat avec la cuillère dedans. Mais a-t-il même le téléphone, dans sa cité U ?

Pince-mi et Pince-moi sont en bateau. Pince-mi tombe à l'eau. Qui reste-t-il ? Bihotz. Ce qu'il lui a toujours prédit.

Elle déambule pieds nus comme Catherine Deneuve dans *Le Sauvage.* Elle allume tous les *photophores,* instructions de sa mère, et la chaleur monte encore, rouge-orange, tremblotante.

La Clef de Clèves, nom trouvé par le propriétaire précédent, qui vendait déjà des Vierges barométriques et des plats en étain. Une boutique de déco. Pas une boutique de souvenirs, insiste sa mère (encore moins un *magasin* — pourquoi pas un supermarché, comme les Kudeshayan ?).

Il y a là, pourtant, les mêmes objets depuis toujours. Des souvenirs en attente de trouver une maison. En attente d'être oubliés sous la poussière, invisibles d'être tellement là, mais qui survivront à leurs acheteurs comme ses chiens en peluche ont survécu à Madame Bihotz. Des souvenirs sous forme de dauphins en cristal, de chouettes en cloisonné, de mains à bagues en porcelaine, de boîtes à musique du *Docteur Jivago,* de princesses en coquillages, de boules à neige avec des hôtes en perdition, silhouettes confuses, bras levés dans la tourmente.

Il y a surtout une *boîte à secrets,* c'est écrit dessus depuis que Solange sait lire. Un petit meuble à tiroirs étiquetés : *mon bracelet de naissance, ma première mèche de cheveux, ma première tétine, ma première dent,* et même *mon premier ticket de cinéma,* le tout à ranger au fil du temps dans les mignonnes caches. Elle a toujours désiré cet objet, il coûte cher, 199 francs. Le temps passe, celui de tout le monde, celui de Clèves. Bientôt il sera trop tard.

Ma première alliance, songe-t-elle.

(*Mon premier Tampax*).

Sa mère s'évertue à l'épousseter, elle craint que ça ne se démode.

La vitrine fait un rectangle de soleil poudreux, encadrant une vue du village avec des ombres qui dérivent.

Gling glong — Rose et sa mère.

Son dos se redresse instantanément, par un procédé orthopédico-commercial hérité de sa mère (et de son père). (Deux parents, deux *putes.*)

La mère de Rose fait claquer ses bottes rouges sur le carreau. (Il paraît qu'elle mène une double vie, sur la Côte.) On se fait la bise.

Elles désirent un cadeau pour le père de Rose. Un Rubik's Cube. Elles ont droit à 5 % de réduction grâce à leur carte de fidélité. Elle fait un beau paquet, tire au ciseau sur le bolduc. C'est un mot que Rose ne connaît pas. La mère de Rose s'extasie, comment elles bouclent d'un coup, les jolies fleurs de ruban.

Rose qui lit *Best* lui dit que Marvin Gaye a été assassiné par son propre père.

Sa mère dit qu'il faut qu'elle passe écouter le disque à la maison, c'est idiot, ces deux petites ne se voient plus : elle prend à témoin Madame Kudeshayan, qui vient d'entrer, gling glong, suivie de son fils et de Raphaël Bidegarraï, gling glong gling glong, c'est l'affluence.

Il y a un stupéfiant air de famille entre tous ces Cliviens, carrément une *familiarité*. Pourtant Madame Kudeshayan est aussi noire que (si elle se souvient bien) Marvin Gaye était noir. C'est étonnant pour une Indienne (ou une Pakistanaise, enfin de par là-bas). Elle aurait dit beige moyen, ou saumon foncé. Et son fils n'est pas tellement plus clair (ni son mari).

Ça doit être le village, qui a changé. Qui est devenu une ville. Même les Kudeshayan, on a l'impression qu'ils se sont dilués. Peut-être que les efforts des parents de Rose, d'avoir remplacé leur badge Solidarność par la main SOS Racisme, ont fini par *porter leurs fruits.* (*Tu devrais en vendre,* a-t-elle dit à sa mère.)

Par exemple, on ne voit plus du tout que Concepción est espagnole, elle veut d'ailleurs se faire appeler Magali, et il paraît que le père de Bihotz était juif. Mais s'il y a bien quelqu'un pour témoigner que Bihotz n'a pas la bite coupée, c'est elle. Et on ne peut pas être à la fois juif et porter un nom d'ici, lui a expliqué sa mère.

Elle aimerait bien demander confirmation à son père mais il semble s'être totalement envolé.

Oui, peut-être que Clèves devient un village moderne, un *melting-pot* américain, un village *mixte* comme le fromage, parce que les gens sont tous pareils et que le racisme, c'est vraiment débile.

« Tu es vraiment de mieux en mieux gaulée. »

Raphaël Bidegarraï a vu son acné empirer, comme si les trémas de son nom avaient proliféré sur sa peau.

Des bruits courent — invraisemblables — comme quoi il serait avec Rose. (Pauvre Christian.)

Pendant ce temps les deux mères (de Rose, de Kudeshayan) n'en finissent pas de papoter, comme si elles étaient chez elles et pour un Rubik's Cube à 39 francs. Et le fils Cul de Chien tripote les bibelots avec, on croit rêver, une moue dégoûtée.

ON CASSE ON PAYE. Elle a envie de lui brandir l'écriteau sous le nez.

Il y a de quoi comprendre les migraines de sa mère.

« Clèves, la relève ». Le panneau a finalement été installé à l'entrée du village, après consultation des Cliviens en âge de voter. « On se lève tous pour Clèves » a été jugé trop *pub.* Et la mère de Rose était contre la formule « Clèves, on en rêve » (publicité mensongère, à son avis).

« De toute façon les indépendantistes ne vont pas tarder à graffiter le panneau dans leur *sabir*, rigole Madame Kudeshayan, genre Cléviou la relèviou, déjà que personne ne sait ce que ça veut dire. »

Si elle avait été en âge de voter (mais qui se soucie des ados ?) elle aimait bien « Clèves, sourire aux lèvres ». Clèves fait effectivement penser à lèvres. Et commence comme clitoris.

« La d'Urbide est une grosse gouine », lui glisse Bidegarraï à l'oreille. « Arnaud Lemoine a voulu se la faire et elle a hurlé au viol et elle lui a avoué qu'elle ne le faisait qu'avec des femmes. »

Tu déconnes ?

(Arnaud et Lætitia, cette rumeur décidément.)

« Elle couchait avec Delphine, elle se levait la nuit pour lui bouffer la cramouille, elle avait juste l'escalier à descendre ».

Un bouton d'excitation explose sur son front.

« Et Delphine, qui aurait dit ? Il n'y a que le train qui ne lui est pas passé dessus, il faut aussi rajouter les filles, les trains et les filles... »

Il cherche à faire un mot d'esprit mais il s'embrouille, elle le devance :

Même le Moket'éco lui est passé dessus.

Leur rire attire Rose et les deux mères. Il paraît que Delphine va mieux, on a craint le pire, mais elle n'avait pris qu'une dizaine de cachets. Sa mère les avait laissés traîner, quelle inconscience, quelle famille *tuyau de poêle*. Elles baissent la voix.

« Même Moket'éco lui est passée dessus », répète Bidegarraï dans son oreille en étouffant un énorme rire, ce qui est quand même exagéré.

Bidegarraï, ce type qui lui tenait la tête sous la gouttière, ce type qui la coinçait dans le préau, ce type qui lui a collé les mains sur les seins quand ils avaient quoi, dix ans, Bidegarraï qui est devenu moche et s'est soudain couvert d'acné, ce Bidegarraï cherche désormais son approbation.

Est-ce qu'il a tout oublié ?

(Nathalie ne cesse de lui répéter que chez les garçons, tout s'explique par la bite. « Chez la plupart des garçons », précise-t-elle.)

Il sent Azzaro pour Homme mais le monde entier s'est mis à sentir Azzaro.

Et le mot *gouine*, comment le faire entrer dans ça, dans ce moment dans la chambre de Lætitia

— ce moment qui ressemble à la lumière des photophores, tremblant et chaud, et qu'elle aime évoquer, rallumer, bien que pas un mot n'ait été dit entre elles — non qu'elles soient gênées, oh non ! mais elles font comme si rien ne s'était passé.

« C'est une lampe en sel de l'Himalaya », est en train d'expliquer la mère Kudeshayan à son fils (Himalaya mon cul). Elle tient la lampe dans le creux de ses mains et l'invite à poser le bout de la langue dessus.

Et au lieu de les arrêter, elle les laisse faire. Hypnotisée, comme si la mère évoquait des souvenirs dans des montagnes, des chemins sous des glaciers, et comme si son fils, du bout de la langue, en goûtait le sel d'un geste filial et taquin, un fils aimant, une curiosité, mère et fils riant ensemble autour d'une petite lampe, capables de partager le monde, ses continents, son exploration, ses richesses — tous deux tellement exotiques.

*

« Qu'est-ce que tu as fait de ta clé ? » demande Bihotz.

Sa maison (la maison de ses parents, ou faut-il dire désormais la maison de sa mère) est fermée.

Elle a des parents gonflables, comme on dit qu'il y a des poupées. On retire le bouchon et ils disparaissent en loopings dans le ciel.

« Depuis la mort de ma mère (dit Bihotz qui a de nouveau son ton mystique) tout est parti en sucette. On ne sait plus où on habite. Cet arrangement. Cette distribution des rôles. Même Lulu, je me demande si c'est vraiment une chienne. »

Lulu est mourante et un nombre insensé de visages passent sur sa gueule cabossée : Madame Bihotz et ses parents et Arnaud et Lætitia et le Petit Grégory et l'autre sous sa dalle et la vieille du cimetière et le cousin ex-obèse de Bihotz, morts et vivants et moitié morts mêlés, ou tous comme s'ils étaient morts, et ça donne envie de pleurer.

Elle se brosse les dents et met sa chemise de nuit Snoopy. Il y a *Les Aventuriers de l'Arche perdue* à la télé.

Le film fait très peur et elle cache sa tête contre son épaule.

« Ne me touche pas », aboie-t-il.

Réaction d'autant plus exagérée qu'elle visualise nettement ce phénomène qui lui est particulier, à savoir la transformation pyramidale de sa braguette.

Ça s'accentue en posant simplement sa main sur la sienne (il la repousse).

L'idée la traverse de lui faire ce qu'Arnaud lui demande toujours, mais il y a quelque chose qui ne s'accorde pas — elle *suçant* Bihotz, ou Bihotz se laissant… — non, ça ne colle pas.

Que faire ? Qu'est-ce qu'une fille est censée faire ?

Elle colle ses petits seins contre son biceps alors qu'un pont de lianes cède sous le poids d'Indiana Jones. La chaleur irradie sa poitrine et elle se sent le cœur gros, le cœur gonflé de choses enfouies comme dans les temples, tombes et sarcophages des *Aventuriers de l'Arche perdue.* (Mais qui la comprendrait ?)

« Tu es allée voir Delphine à l'hôpital, au moins ? » grogne Bihotz.

Lui est allé voir sa pauvre mère, qui ne s'en remet pas, alors que c'était quoi ? Un chagrin d'adolescente, un de ces gestes irréfléchis — faire ça à sa mère !

Elle entoure sa cuisse de sa propre cuisse. Elle voudrait qu'il la prenne dans ses bras, là, chut, elle voudrait du repos et que ça s'arrête et que quelque chose (quoi ?) l'emmène et l'emporte sans qu'elle ait rien à faire, soulevée de terre et ne demandant qu'à jaillir.

« De toute façon tu n'aimes personne, tu as un cœur de pierre, c'est ça la vérité. »

Bihotz se lève.

Il a sa silhouette de pharaon, profil pyramidal pointant sous le peignoir.

C'est pathétique comme la *nymphomanie* se voit chez les hommes.

« Tes parents sont en train d'exploser en vol et tu te prélasses, Mademoiselle est comme à l'hôtel, Mademoiselle ne pense qu'à se vernir les ongles, Mademoiselle croit que tout le monde est à son service. »

C'est tellement injuste qu'elle fond en larmes. Elle ne s'est jamais verni les ongles de sa vie. C'est tellement incohérent. Quand elle pense qu'elle a tenu le magasin toute la journée, quand elle pense à tout ce qu'elle fait pour les autres, pour sauver la boutique, la *présentation*, quand elle pense à tout ce qu'elle *donne*, à cette générosité dont elle est capable, à ce don total d'elle-même, à cette absence d'amour-propre, à combien elle est jeune, à cette *innocence bafouée* — les sanglots viennent de tout au fond, de très loin, elle n'en peut plus, elle étouffe, elle va se tuer si c'est comme ça, c'est tellement atrocement épouvantablement injuste !

« Ma chérie, mon amour, ma Solange, mon seul ange. » Qu'il essaie de la consoler maintenant. C'est bien fait pour lui. « Ma Solange mon soleil. » Qu'il l'embrasse sur les yeux sur le menton sur les lèvres, qu'il l'entoure de tous ses bras, de tous ses membres. Elle se laisse faire. Elle pleure moins. Elle se balance, c'est doux, elle y met un peu du sien, elle colle ce qu'elle a là contre ce qu'il a là, ça brûle, ça fond, des bâtons frottés, de la cire chauffée, des images passent (Arnaud, Indiana Jones, le fils Kudeshayan, Lætitia d'Urbide, le surfeur aux lèvres craquelées), les tissus et les chairs s'écartent, ça résiste un tout petit peu, elle se balance et rebalance, bateau batelier ton bateau va chavirer — et quelque chose — *dong* — se met en place avec la force d'un ressort.

Elle ne pleure plus du tout, elle est très concentrée. Elle souffle et respire. Elle monte et descend, bien campée sur ses cuisses, c'est comme un cheval mais quand même pas tout à fait. Il l'embrasse *passionnément*, elle détourne la tête et ferme les yeux mais la bouche la suit, humide et dévorante — *chut !* — elle monte mais pas trop, que le truc ne sorte pas, qu'elle reste tout près, là, que ça frotte, quand elle redescend elle le fait à fond, ça marche bien, qu'il ne bouge surtout pas, monter-descendre mais osciller aussi, avant-arrière — elle a la vie devant elle, la vie pour apprendre, pour sentir, la vie pour le faire.

Bihotz se met à miauler comme un chat et quelque chose se répand d'incroyablement mouillé et il veut sortir de là mais c'est hors de question, elle est beaucoup plus forte que lui, elle le tient et monte et descend et frotte en haut en bas avant arrière et se débrouille et c'est bizarrement un peu mou, à se demander où le truc est passé, mais elle est déjà sur son avion, supersonique et rugissante, et voilà.

Quand elle remet sa culotte, elle voit une minuscule goutte de sang. C'était bien la peine d'en faire toute une histoire.

*

Elle s'endort en regardant la fin des *Aventuriers de l'Arche perdue.* Bihotz a disparu puis Bihotz revient, le ciel est clair sur l'est, il hurle que c'est quand même dingue d'être viré de sa propre maison alors que merde il habite ici. Elle dit que jamais de la vie elle ne l'a viré, pas plus qu'elle ne se vernit les ongles (elle lui montre), il la prend pour une autre ou quoi ? La télé fait *chrrrrr* avec de la neige. À son âge on a besoin de dormir. Qu'il sorte se promener tant qu'il veut. Ensuite il y a comme un basculement, le salon se replie sur eux, les murs se pressent pour les nouer, le plafond a changé de place avec le plancher, et ils ont roulé, ils sont l'un sur l'autre, l'un dans l'autre.

Ça se passe nettement à l'intérieur de son corps (la sensation se confirme), ça doit monter environ sous le nombril, il faudrait mesurer, ce n'est pas sensible sur tout le trajet mais plus ou moins à différents points. Elle se débrouille pour qu'il insiste où elle veut (« dis-moi ce que tu veux » — qu'il se taise), ce n'est pas toujours évident de se faire comprendre alors elle s'assoit sur lui, c'est terriblement pratique, elle va au rythme qu'elle veut, elle se tend peu à peu comme un arc (ou comme ce réveil qu'elle remontait jusqu'à ce qu'il se mette à tourner sur lui-même dans un grand barouf de clochettes excitées). Toutes les parties de son sexe tubulaire, feuilleté, rond, creux et protubérant (une maison de Barbapapa) sont touchées, frottées, pleines et vidées, pressantes et pressées — alors c'est vraiment bon, mieux même que quand elle se masturbe, c'est vraiment super.

*

Vulve n.f. [vylv]. Ensemble des parties génitales externes chez la femme et chez les femelles des animaux supérieurs. ENCYCL. La vulve est formée de chaque côté par les grandes lèvres et les petites lèvres, au centre et d'avant en arrière par le clitoris, le méat urinaire et l'orifice du vagin partiellement obturé chez les vierges par l'hymen. || **Vagin** [vaʒɛ̃] n.m. (lat. *vagina*, gaine). Canal auquel aboutit le col de l'utérus et qui s'ouvre dans la vulve. ENCYCL. Le vagin est l'organe femelle de la copulation ; il est situé entre la vessie et le rectum. || **Copulation** n.f. (lat. *copulatio*, union). Accouplement d'un mâle et d'une femelle.

Et quelques jours et nuits et levers de soleil et fins de programme télé plus tard ils sont toujours à réessayer, à chercher à comprendre, à recommencer pour mieux comprendre et pour — selon Bihotz — en finir. Recommencer une dernière fois, arriver au bout, en finir une bonne fois pour toutes. Le phénomène renaît chaque fois liquidé, ils s'associent pour s'en défaire, ils luttent enlacés mais la chose, de la lutte même, tire de nouvelles forces. Quand on coupe une tête il en renaît deux, quand on puise dans ses chairs elles bourgeonnent un peu plus. Parfois il hurle que tout est de sa faute, à lui, à elle, que lui ne voulait que rendre service — que faire, comment s'en sortir, ils recommencent. Elle lui montre comment appuyer là et enfiler le doigt là et sucer avec la langue là, sa bite redevient grosse alors que faire, parfois c'est lui qui est dessus et elle se frotte contre son ventre, parfois c'est lui qui est dessous et elle s'en frotte d'autant mieux.

Ils s'interrompent pour manger et l'école et un peu de sommeil et faire sortir le chien et rebelote. Parfois c'est raté alors ils recommencent, parfois c'est moyen alors ils recommencent, parfois ils n'en peuvent plus alors ils recommencent, parfois c'est tellement bien qu'ils recommencent, il faudrait qu'elle arrête avec les tellement. Entre deux *bagarres* (ils ont développé leur propre vocabulaire) le temps qui reste est quasi normal.

*

Rose a établi un système, un classement de ses lectures, dans un cahier de textes. Sept catégories de livres, du pire au meilleur, rangés par jour de la semaine. Le lundi, nul. Le mardi, médiocre. Le mercredi, moyen. Le jeudi, bon. Le vendredi, très bon. Le samedi, excellent. Et le dimanche, super.

Elle a (Solange) un étourdissement. Il lui semble que Rose parle d'elle, d'elle et de Bihotz, de leur semaine, mais non, c'est impossible.

L'enthousiasme organisé qui caractérise Rose lui a fait ranger la plupart des livres en vendredi et en samedi, très bon et excellent. Il y a aussi une subdivision en « très bon + » et « excellent + ». Elle classe ses lectures depuis ses onze ans, depuis qu'elle a lu *Le Journal d'Anne Frank* qui lui a tellement plu qu'elle a inventé la catégorie « super + » et décidé qu'aucun livre ne pourrait surpasser celui-là.

Ça fait un peu serviette hygiénique.

« Tu as l'esprit mal tourné. D'ailleurs Anne Frank est le premier écrivain du monde à avoir jamais écrit sur les règles. Ça n'a rien de sale. »

Il est de plus en plus difficile de parler avec Rose.

Je croyais qu'elle avait écrit sur les camps de concentration.

Rose ouvre une bouche immense puis daigne expliquer à son amie de toujours, à son ignare amie de toujours : « Elle n'a pas écrit sur les camps de concentration puisque *précisément* son journal s'interrompt quand elle est déportée. »

Rose est détentrice d'un savoir bien plus important qu'avoir ses règles ou baiser, le savoir qui sépare les adultes des pas adultes, le savoir *historique* et *politique*.

La politique est une sorte de vaste plan incliné d'où émergent des têtes, qui apparaissent et disparaissent, isolées ou par millions. Le quadrillage se plisse par endroits autour de noms de lieux. Clèves n'apparaît pas. Le passé, en forme de massif montagneux, occupe beaucoup de place, il est plein d'Égyptiens et de Chinois, et le futur est une large esplanade peuplée de gens qui ont un combat. Le père de Rose, qui lit *Le Monde diplomatique*, trace à la surface du globe de grands cercles solutionneurs de problèmes. Les cercles font d'immenses nappes de pétrole en feu autour d'un microscopique point central (non, pas central, périphérique et anxieux) : elle, Solange, l'*individu* Solange (Solange elle est tellement individualiste).

Elle ne peut pas s'empêcher de voir Bihotz penché sous ses cannas à désherber rageusement, bêche et vaporisateur en main.

Est-ce que tout le monde n'a pas un combat ?

« Et c'est quoi ton combat ? » demande Rose exaspérante.

Une boule à neige avec une Solange individuelle dedans, bras levés, appelant au secours.

Je suis contre le racisme. Et contre les bombes atomiques (affirme-t-elle pour gagner du temps). *Et contre la fin des animaux. Contre la fin* programmée *des animaux* (précise-t-elle) (un adjectif de son père).

Rose est réveillée par le *programmé.*

« Et tu fais quoi, contre ? »

J'y pense, répond-elle avec une conviction qui résiste au ricanement de Rose.

Quand son père était pilote, elle maintenait les avions en l'air par la seule force de sa pensée, aussi longtemps qu'elle pouvait les suivre des yeux.

Et elle donne du beurre aux mésanges l'hiver. Sa mère a donné aux petits Éthiopiens. *BIEN SÛR* ça ne se compare pas, mais soulager la souffrance où elle est (et pas en traçant des grands cercles au compas), c'est comme ça qu'on changera le monde.

« Charité bien ordonnée commence par soi-même », ironise Rose, qui a toujours le chic pour faire tomber les phrases du ciel.

Si elle pouvait savoir, si Rose pouvait même *voir* la semaine qu'elle a passée, ça lui rabattrait le caquet. Avec un homme adulte. Qui a quasi le *double* de son âge. (Évidemment il ne faudrait pas dire qui.)

Elle feuillette le cahier de textes. La catégorie « super » est pleine de Boris Vian et tellement farcie de tellements qu'on sent que Rose a peiné, par manque de mots, ou de quoi ? (Est-ce que l'enthousiasme a à voir avec la *jouissance* ?)

(Est-ce que Rose *jouit* ?)

Dans l'autre sens, classé « nul — », il y a un seul livre, *Belle du Seigneur* (« conseillé par ma mère »).

La vision de la femme (lit-elle à haute voix) *est tellement révoltante, ridicule, risible. Lui veut se faire aimer d'elle avec un masque de vieillard repoussant, alors qu'elle évidemment il ne l'aimerait pas si elle était atrocement moche ou même juste un peu moche. Est-ce qu'il se le demande même ? Aime-t-on une femme pour ~~sa beauté intér~~ pour son intelligence ? Comme quand elle fait construire des toilettes séparées pour que leur amour dure comme si elle n'avait pas un vrai corps. Et le pire du pire c'est l'absence de ponctuations quand on est dans sa tête, comme si elle ne savait pas mettre des points à la fin de ses phrases, ça fait tellement faux style. Et le summum du summum du risible c'est quand elle appelle l'orgasme la Joie.*

Elle s'arrête.

(L'orgasme ?)

« C'est le livre le plus risible que j'ai jamais lu mais tu apprendrais peut-être des choses », insinue Rose.

Que répondre ? Elle ne veut pas se disputer parce que sinon bonjour les dégâts.

L'essentiel ce n'est pas d'apprendre mais d'avoir des failles. Pas sa petite conscience tranquille. Moi j'ai été traumatisée.

Rose ne voit pas. En tout cas, elle ne voit pas le rapport.

Tu te souviens quand mon père s'était montré à la kermesse ?

Rose ne voit toujours pas.

Quand il avait montré son machin ? devant tout le monde ?

« Ton père n'a jamais été un exhibo. C'était juste un minable. »

Elle en parle comme s'il était mort. (Un exhibo ?) (Un minable ?)

C'est toujours la même chose quand elle va chez Rose : la planète bouge sur son axe, gèle à l'Équateur et fond aux Pôles, chamboulée complètement, méconnaissable, ni terres ni océans, ni père ni mère ni Clèves.

Je l'ai vu, juste devant moi, devant le curé, il était minuit, avec son copain Georges qui tient le club de voile, et tout le monde l'a vu et je me suis dit que tout était fini, que je ne pourrais plus jamais regarder personne dans les yeux.

« Je me souviens d'une kermesse où ton père et Georges, c'est vrai, étaient complètement bourrés. On avait fait des autos tamponneuses avec Christian (on était si jeunes !). Mais pour le reste tu as fumé la moquette. D'un : il n'était pas minuit (on n'avait pas la permission de si tard) ;

de deux : il n'a jamais montré son zguègue, je m'en serais souvenue. »

(Les autos tamponneuses clignotent sous le ciel électrique. Et Christian, son visage d'enfant.)

« Ma mère dit que ton père veut toujours prouver qu'il en a une grosse. Mais c'est une expression. Ce n'est pas *littéral* », continue Rose (incompréhensible, comme souvent).

Elle fouille dans son sac (un vrai sac à main en cuir, de femme) et en sort un tampon, exhibo et héroïque, comme si elle était la première du monde à avoir ses ragnagnas. Elle s'absente sans un mot.

Une odeur flotte, de savon, de rose et d'hyper-propre.

Elle n'a pas encore utilisé de tampon, elle. Ça doit faire un moment qu'elle n'a pas eu ses ours. Son sexe la démange, moite et grumeleux comme une poire blette.

Elle baise trop.

*

Bihotz l'emmène au restaurant.

Il a choisi un restaurant au bout du monde. On les a certes toujours vus ensemble, à Clèves, mais ce n'était pas *ensemble* comme aujourd'hui.

Elle n'avait jamais pensé à tout ça.

Démangeaisons. En basculant le pubis et en déplaçant la culotte d'un mouvement de fesse, ça vient en contact avec le skaï froid du siège, ça soulage.

Elle aime l'odeur de cette fourgonnette. De ce J7. Avant, ça sentait le foin, l'essence, le lapin. Maintenant ça sent une odeur qui fait bondir quelque chose dans sa poitrine (pas son cœur, ce serait *risible*).

Clèves s'éloigne dans le rétroviseur, le J7 roule de plus en plus vite et elle voudrait ne jamais retourner au village, ses maisons champignons et ses enfants mangeurs d'enfants, elle voudrait se dénouer de sa route en ruban (et ils vécurent heureux et eurent, non, n'eurent pas d'enfants).

Elle met sa main sur l'épaule de Bihotz et il se tourne vers elle (ses yeux de troll attendri qui vient de capturer la princesse) et il faudrait que la nuit les avale, que la nuit soit une grotte où il l'enfermerait. Une vie dans une grotte avec Bihotz.

La Joie, pourquoi pas la Joie ?

*

« Dans deux ou trois ans, murmure Bihotz en l'écartant gentiment. Dans deux ou trois ans on pourra se montrer ensemble. »

Elle s'était collée contre lui, bêtement intimidée. Elle ne s'attendait pas à ce genre de resto là. Des serveurs chics et des nappes salissantes. Elle se figurait la mer, un croque-monsieur avec des surfeurs australiens, les bars avec la voix de Kim Wilde.

Sous les lampes abat-jourées, Bihotz luit, souriant. Il s'est attaché les cheveux, ça le change.

« Tu es très jolie. »

Elle a piqué son *eye-liner* à Lætitia et trouvé la bonne technique : barbouiller la paupière puis ôter le surplus avec un coton-tige. (Évidemment personne ne doit entrer dans la salle de bains pendant l'opération.)

« La mise en bouche », annonce le serveur.

Ils plongent dans de minuscules bols d'une mousse orange avec des œufs de lump. Elle lève le petit doigt comme les riches, elle a mis ses bagues papillons offertes par son père le jour de ses douze ans.

C'est chouette de manger sans avoir à mettre la table.

Bihotz prend la soupe de poissons et le petit salé aux lentilles, elle les langoustines et les rognons sauce madère avec leur gratin dauphinois (et une hésitation pour le confit de canard).

Le serveur les a placés près de la cheminée.

On pourrait y faire brûler un arbre entier.

Comme dans les châteaux du Moyen Âge.

Quand même le confit aurait été un meilleur choix.

Le gratin dauphinois est à mourir.

Elle demanderait bien du rab mais on n'est pas à la cantine.

« Je ne vais pas abuser des lentilles », dit Bihotz en posant sa fourchette et son couteau en travers de l'assiette. « Ça donne des gaz. »

Elle se souvient de Madame Bihotz disant : « C'est goûteux mais ça a le goût de trop peu. »

« Quand on pose ses couverts comme ça, lui explique-t-il, ça veut dire qu'on n'en peut plus. »

Tout brille. Les serveurs en noir et blanc avancent et reculent, tournoient avec des entrechats, font des espèces d'acrobaties entre les tables avec des assiettes et des phrases incroyables.

Soudain tout s'éteint et un flamboiement jaune avance dans le noir — un gâteau, pour la table d'à côté, surchargée d'oncles et de grands-mères, un fraisier spécialement commandé pour les onze ans d'une pucelle avec une tête à mettre des protège-slips.

Je n'ai pas droit à un dessert ?

Il la regarde comme si elle avait dit une chose à la fois bête et sublime, comme si elle était une jeune reine à couvrir de chocolat, de diadèmes et de baisers, de pantoufles de verre (ça doit faire mal aux pieds) et de carrosses métallisés.

Quelque chose le tracasse mais il n'ose pas lui demander.

Mais si, dites.

Elle prend le fondant avec sa crème anglaise et voudrait encore un verre de haut-médoc 1978.

« Tu as déjà fréquenté combien de garçons ? »

On croirait une dame à mise en plis qui lui demanderait combien de sucettes Pierrot.

Le bel Anglais (quel était son nom, déjà ?), et le pompier ? Ça ferait deux. Trois avec lui, Bihotz (mais est-ce qu'elle *sort* avec Bihotz ?). (Si elle *sort* avec quelqu'un c'est Arnaud — quatre.)

Je ne sais pas, une dizaine ?

Elle lèche la lourde cuillère en argenterie.

Au début, il y avait un surfeur, et avant encore, il y avait Christian mais on baisait pas, et maintenant il y a Raphaël Bidegarraï qui veut sortir avec moi. Mais en ce moment j'ai Arnaud, vous savez bien. Ça fait (elle compte) *trois mois et deux semaines et quatre jours — mon record.*

Elle lui enfonce des aiguilles dans le corps. Pourquoi est-ce qu'elle fait ça ? Est-ce qu'il ne veut pas l'en empêcher, est-ce qu'il ne peut pas se redresser et montrer qui est l'homme, ici ?

Il allume une cigarette et souffle la fumée au plafond.

« Tu vas mettre combien de temps à me tutoyer ? »

La cheminée brûle, rouge et or, au fond de son verre de haut-médoc. Il s'est mis à pleuvoir, le toit du restaurant crépite, les flammes dansent, la Nature aux fenêtres bouillonne dans un crépuscule fiévreux.

Elle s'absorbe dans les dernières cuillerées de crème anglaise.

C'est marrant, j'ai déjà mangé le fondant au chocolat et il est déjà dans mon ventre et je sens encore le goût sur ma langue et bientôt on va se lever de table et ce que je suis en train de vous dire, là, c'est comme la fine frontière, la très fine limite entre passé et futur. Et c'est ça qu'on appelle le présent, vous vous rendez compte ? C'est juste ça ! En fait ce qu'on est en train de vivre est déjà du passé et tout de suite du futur, ce qu'on est en train de vivre littéralement *n'existe pas, vous voyez ? C'est déjà fini, ça a déjà glissé entre nos doigts, comme la crème anglaise, c'est juste rien du tout, comment arriver à penser ça ?*

Un grand bol d'émotion lui monte dans la gorge (est-ce qu'elle va vomir ?).

« À ton âge ma mère ne me laissait pas boire. »

Il chuchote mais c'est comme s'il criait. Manquerait plus qu'il soit sa mère.

Il paie. Il laisse plusieurs pièces de cinq francs, comme ça, pour la frime. Elle respire fort, appuyée à son bras, sous l'œil mi-chèvre mi-chou, mi-chien mi-loup, de la ménagerie de serveurs.

Le paysage a fondu sous la pluie. L'horizon tremble dans la distance, rebondissant et perlé, tout est brouillé, joli, simili japonais. Une chouette mouillée fait hou hou et s'ébroue.

Lui remonte du fond des années de primaire, des rimes en pluie-nuit et des chou-caillou-genou-hibou (pou).

Dans le J7 odorant, Bihotz a une façon peut-être un peu pressée, un peu pressante, de l'attraper, de la saisir, qui fait qu'au lieu (à quoi ça tient) de ne plus penser qu'à se l'embrocher (se le mettre, se le fourrer, se le monter, se le traire, se le braire) elle le branle un peu (saucisse pleine à craquer sous ses doigts bagués de papillons) et puis elle arrête, on n'est pas des bêtes.

« Viens », supplie Bihotz.

Il mordille l'intérieur de ses cuisses, elle résiste un peu, c'est mortel, et quand il met la langue et frotte avec la paume comme elle lui a appris c'est carrément insupportable — elle le bouscule et s'assoit sur lui, bagarre entre volant et levier de vitesse, il jouit très vite mais elle aussi, ça tombe bien. Ses démangeaisons sont calmées.

Elle ne peut pas s'empêcher de se réciter un poème de Maurice Carême, elle doit être complètement bourrée.

Il ouvre la fenêtre et allume une Marlboro. Dans l'obscurité (pas une seule lumière, pas une seule maison) il est presque beau. Massif. Viril. Ce serait tellement pratique d'être amoureuse de lui. Ça résoudrait l'avenir, quoi faire, que penser, les problèmes. Ils habiteraient ensemble, avec ses parents à côté. Ils feraient un bébé garçon qu'elle leur donnerait. (Il faut qu'elle pense à ça, à la pilule, etc.) Ils joueraient pour de vrai à être ensemble, pendant que déluge et désastres engloutiraient le monde.

Ça me fait penser à une blague de mon père (elle rit tellement fort qu'elle doit faire une pause).

C'est un VRP qui s'arrête dans un hôtel, il est très fatigué et tout, mais on frappe à la porte de sa chambre et c'est une toute petite fille qui lui dit (elle prend la voix de la toute petite fille) *: « Pour dix francs je te le fais avec une main, pour vingt francs je te le fais avec deux mains, et pour trente francs j'y mets la langue ! » Alors il a beau être fatigué et tout, il dit d'accord d'accord, il lui donne trente francs et la petite fille fait : nananèreuh !*

Elle tire la langue et agite ses mains en oreilles de lapin.

Il la contemple en silence.

C'est tellement difficile, de parler avec lui. Il est quand même super-limité, question conversation.

*

Orgasme [ɔrgasm] n.m. (du gr. *organ*, bouillonner d'ardeur). Le plus haut point de l'excitation génésique.

Génésique, adj. Relatif à la génération.

Génération [ʒenerasjɔ] n.f. (du lat. *generare*, engendrer). Fonction par laquelle les êtres organisés se reproduisent. || Ensemble des êtres qui descendent de quelqu'un ; postérité. || Espace de temps qui sépare chacun des degrés de filiation : *il y a environ trois générations par siècle.* || Ensemble de personnes ayant à peu près le même âge. || ENCYCL. *Génération spontanée*, théorie admise pendant l'Antiquité et le Moyen Âge pour certains animaux, et jusqu'à Pasteur pour les microbes, selon laquelle il existait une formation spontanée d'êtres vivants à partir de substances organiques en décomposition.

*

« Les femmes en général n'aiment pas ça », affirme Nathalie.

Il y a cette chanson de Brassens, « 95 fois sur cent, la femme s'emmerde en baisant ». Et tous les articles sur la frigidité et les *suites de couche* et d'allumer de l'encens et de mettre de la musique douce et de commencer par des massages.

Les vraies femmes sont vaginiques, selon Nathalie. Les autres sont *clitorigiennes.* Le *must*, c'est de trouver son point G.

« Les hommes cherchent le Graal, les femmes cherchent le G », dit Rose sarcastique. (Personne ne relève parce que personne ne comprend.)

Concepción a dit qu'elle ne viendrait plus parce qu'on ne disait que des horreurs, mais elle est venue finalement. Delphine aussi (qui a toujours les cheveux violets mais qui s'est apparemment remise de son *geste tragique*). Sa mère tolère leur petite réunion chez Rose malgré qu'ils sont des gauchistes, ses parents sont des gens sérieux. Mais on ne voit plus jamais Lætitia depuis que tout le monde sait qu'elle est gouine.

Que d'histoires.

« Elle est juste snob, dit Rose. D'ailleurs, qu'est-ce qu'elle vous trouverait ? »

La chambre de Rose est impeccablement rangée (il y a une femme de ménage) et elle a mis rien du tout aux murs, tout blanc, une lubie. On a le droit d'y fumer (seulement du tabac). Le cendrier est un énorme bloc de verre avec des bulles dedans. Elles boivent du thé dans une théière très lourde. Rose est allongée dans un fauteuil qu'elle a piqué à ses parents, en bois et cuir noir.

Comment elle se la joue.

« Quand j'étais en séjour linguistique en Angleterre (commence-t-elle) il y avait ce type, un Libanais, qui vivait dans cet internat depuis le début de la guerre. Il était (elle allume une cigarette) beaucoup plus âgé que moi, il avait une chambre pour lui tout seul, enfin pas exactement mais son coloc' était parti et il m'a proposé un massage. Il a bloqué la porte avec une chaise, et il m'a massé le dos. Il est descendu le long des reins, il m'a massé les fesses et c'est seulement quand il s'est mis à me masser l'intérieur des cuisses que j'ai commencé à me demander... »

Concé s'agite. Tout le monde pouffe.

« Il m'a massé là où vous pensez et j'ai senti qu'il frottait son zguègue contre mes fesses. Et je me suis dit où avais-je la tête ? Rien n'est gratuit dans cette société capitaliste. Alors on a fait l'amour. »

Elle rit. Alors tout le monde rit.

Ce récit contient mal l'image de la douche ensanglantée — de la *boucherie* que lui a racontée Nathalie qui la tenait directement de Rose racontant sa première fois dans ce même internat (elle l'aurait donc refait ?).

« Et ton surfeur ? » lui demande Nathalie, à elle, Solange.

C'est une ruse.

Elle pousse un petit soupir d'extase. Elle ne peut rien en dire (de son surfeur), c'est trop beau, trop bon, elles ne comprendraient pas.

Elle a tout dit à Nathalie, sur Bihotz, en la suppliant de ne rien répéter, ou de n'en parler que sous le nom du « surfeur ». Les *plans cul*, Nathalie comprend : comment, puisque Arnaud n'est pas là, elle couche avec Bihotz. Elle a juste changé des petits trucs (*c'est avec Arnaud que j'ai découvert le plaisir*) (« c'est vrai qu'on ne jouit pas pareil, quand ça veut dire quelque chose » — *ça crée des liens* — « jouir comme ça c'est l'amour, c'est sûr »). Elles ont fait un test dans *Marie-Claire* sur la différence entre *aimer* et *être amoureuse* : au niveau du cœur, en fait, ça n'a rien à voir. Et ce qui est sûr, c'est qu'on ne peut pas aimer deux garçons en même temps.

Il y a les filles qui pensent beaucoup, comme Rose ou Lætitia, et les filles qui vivent très fort, qui sentent très fort, et ça (a dit Nathalie) c'est inestimable, ça n'a pas de prix, c'est ça la vraie vie, quelque part c'est le corps qui parle — Rose ne peut pas comprendre.

*

Bihotz lui a acheté une piscine gonflable, la plus grande qu'il a trouvée, on peut faire deux brasses (avec les genoux qui cognent au fond). Il y verse des lessiveuses d'eau chaude pour qu'elle y entre sans se geler.

Maman est partie se reposer quelque part.

Clèves a franchi le cap des 2 500 habitants : la différence entre village et ville. On habite en ville, désormais. Le centre-ville de Clèves s'enorgueillit même d'une boulangerie et d'une autoécole.

Rose est venue essayer le jeu de tennis que Bihotz a installé sur la télé. Il y a deux *joysticks* reliés à une boîte avec des fils, une ligne verticale au milieu de l'écran et deux petites barres blanches qui se renvoient un carré blanc. C'est distrayant.

Il est en train de désherber avec son tee-shirt loup, qui a vécu, et qu'il ne met plus que pour « dehors ».

« Tu as toujours été un peu rustique, rigole Rose, il faut sortir à son niveau. »

Rose sait. Pour Bihotz. Elle a beau être sous influence Bidegarraï, c'est gentiment qu'elle se moque. Avec (même ?) comme une touche d'admiration dans la voix. Bihotz. Adulte, prolétaire, et même un peu *marginal*. « Perçu comme un marginal », précise Rose.

(Et son père, perçu comme un minable ?)

Elle se voit dans quelques années au bord d'une piscine en dur, buvant des cocktails jaune et rouge avec des pailles et des petits parasols (on en trouve par lots chez les Kudeshayan). Elle serait là, à Clèves, sous le soleil, Bihotz s'occuperait d'elle à sa façon marginale, elle ferait du sport, elle aurait perdu cinq kilos, elle regarderait la télé et se mettrait aux livres, aux mots fléchés et à la nouvelle cuisine.

« L'amour est plus fort que la lutte des classes », approuve Rose.

Un avenir s'entrebâille, romantique et combatif. Le village qui n'y comprend rien. Ses parents divorcés qui sont contre. Bihotz et elle qui fuient par le premier avion avec l'aide, finalement, de son père. Son père et elle qui se tombent dans les bras sur le *tarmac*. Il lui dit qu'il l'aime, dans un dernier adieu.

Elle pleure un peu en agitant les pieds dans la piscine.

Elle aimerait vivre au bord de la mer mais c'est trop cher, et même si Bihotz vendait la bicoque de sa mère, on aurait quoi, un petit studio sans même la vue et après qu'est-ce qu'on fait ?

Nathalie, elle, dit que quand même il n'est pas possible (Bihotz).

Dans un petit studio avec Arnaud. Au bord d'une piscine avec Arnaud. Haletante et cambrée.

« Partons, dit Bihotz. Bourrons le J7 de conserves et partons. Qu'est-ce qui nous retient ? Je ferai des petits boulots. On retapera des ruines. On plantera des potagers. On réinventera la vie, tu verras. Rien ne nous oblige à rien. On se postera devant la mer et on la regardera autant que tu voudras. »

Il s'est remis à bricoler. Il a enlevé les bancs à l'arrière du J7, il y prévoit tout un savant Meccano de bois, dessiné sur plan et taillé à la scie sauteuse avec des arrondis et des encoches. Il leur construit un lit, avec tables de chevet rabattables et loupiottes, dans la journée on pourra le plier en banquette. Il voudrait atteindre à cette atmosphère feutrée mais impeccable, tout en courbes et panneaux jointifs, de l'intérieur du vaisseau de *2001* (revu ensemble à la télé).

Tout est dans la jointure, dit-il. Il faut que ce soit lisse, que le doigt ne sente aucun défaut, que l'œil ne détecte aucun raccord. C'est dans les failles, dans ce qui est dissocié, dessoudé, mal équarri, que se logent la crasse et le chaos, la désunion, la discorde, le mal.

Il pleut sur la petite piscine mais il fait bon dans la maison.

Lulu n'en finit pas de mourir, quand elle mourra on pourra partir, plus rien ne nous retiendra.

Il étale des cartes routières et suit des trajets du doigt, des routes ondulantes surlignées de vert, qui toutes s'éloignent de Clèves devenue minuscule dans un coin rapetissant d'un pays microscopique.

Prendre un avion et traverser l'océan, avec Arnaud. New York. Los Angeles. Hawaii.

Bihotz qui rentre du jardin et dit que le temps se remet au beau.

Arnaud qui revient du travail. Il est ingénieur. Informaticien. Guitariste. Il lui raconte sa journée, les gens, le monde.

Elle fait des exercices de concentration pour essayer de saisir la différence entre les deux, la différence de vie et d'avenir.

Un appartement en ville. Arnaud a d'autres femmes. Elle doit se battre pour le garder. Les tenir, ses promesses. Un type comme lui la tirerait de l'avant.

Bihotz lui demande si elle a fini ses devoirs, et elle reste suspendue dans l'entre-deux. Comme ces personnages de *Star Trek*, désintégrés dans l'espace-temps, téléporteur en panne.

Bien sûr il y en aura d'autres (des garçons) (c'est ce que lui serinent Rose et Nathalie) (pas comme si tu allais tomber enceinte et être genre *obligée* de l'épouser) (Nathalie en rit d'horreur).

Mais s'il n'y en avait pas d'autres ? C'est déjà inespéré, qu'elle ait *le choix*.

Il faudrait connaître l'avenir, et attendre sans plus rien faire, comme Lulu.

Une vie bichonnée, contre une vie d'aventure.

Elle se voit dans la piscine (la grande, en dur) sirotant un Chantaco avec Bihotz qui désherbe ; ou à côté du téléphone, attendant Arnaud — le voilà qui rentre, le voilà qui revient.

Il pose son casque (il a une moto).

Il défait la braguette de son pantalon de motard et lui fait signe. Elle arrive, haletante, elle dégage sa bite et la lèche, il reste impassible et lui attrape les cheveux et lui fait engloutir lentement, jusqu'au fond de la gorge, sa bite surdimensionnée. Il prend tout son temps et elle *mouille comme une chienne.*

Elle contemple le plafond, yeux et corps dans le vague.

La voix de Bihotz l'interrompt — « Madame est servie ». Depuis quelque temps il s'est mis à faire des blagues qui ne sont pas drôles. Et son visage se modifie. Il sourit sans cesse, comme s'il avait un peu peur. Et quand ils ont fini de se *bagarrer*, il lui dit souvent, en rigolant à moitié : « Ce n'est pas moi qui t'ai appris tout ça. »

Elle lui tend la main (ils se sont disputés tout à l'heure, il lui manquait cent francs et paraît-il qu'elle les avait pris). Elle baisse sa culotte et lui colle le museau entre ses jambes. Quand elle en a assez, elle voit qu'il est encore différent : luisant, gluant, poisson jusqu'aux sourcils, et ce regard voilé, d'une force opaque, qui ne voit plus rien mais veut tout, et en finir, et le vide et l'absence de nom.

Bihotz.

Il se réveille et la regarde avec une tendresse qui est pire. Un bon regard aimant, ancien, un regard infiniment doux pour mon ange, Solange.

Elle se tourne à plat ventre, au moins elle ne le voit plus. Il lui caresse doucement les cheveux mais elle secoue la tête — elle le cherche des hanches. Ni une ni deux il s'emporte avec enthousiasme mais ce n'est pas ça, elle le guide plus haut. « Tu es sûre ? » et « je ne te fais pas mal ? » et des « oh ma chérie ».

Elle se met à couiner comme les filles de Canal +, pour qu'il se taise. Et ça lui fait (à elle Solange) un drôle d'effet, de diriger le film et de jouer dedans. Elle plonge les doigts pour se frotter, elle fait entrer Arnaud, son pantalon de moto, elle se concentre sur les dialogues — Angie, tu es très prometteuse, chienne chienne chienne — elle en japperait. La sensation est rugueuse et sombre, terriblement âpre, elle va mourir si elle ne jouit pas — elle a plusieurs cerveaux, plusieurs corps : dans le film, sur le canapé, à se regarder, à couler dans la bouche d'Arnaud les bons mots, dans les hanches de Bihotz le bon rythme — et un tic-tac qui ne cesse pas, une horloge à rebours qui tient le compte d'un temps compact, gorgé, exaspéré —

« Tu es une fille étrange, Solange », lui dit-il quand ils reprennent souffle (avec son accent à faire rimer ange et singe).

Il a un peu de caca sur le bout du zizi.

« Je suis très ému, Solange. C'est une telle preuve de confiance que tu m'as donnée là. Une telle preuve de… »

Elle va le tuer s'il ne se tait pas.

Le lendemain, il part très tôt au marché dans le J7 caquetant pour vendre toute sa volaille. À son retour ils ont une dispute horrible parce qu'il veut faire piquer Lulu, il dit que c'est la seule solution, elle hurle que s'il fait ça elle le dénonce à la police.

*

« Solange, il faut que je te parle », lui dit la mère de Rose chez qui elle prend le goûter.

Elle a toujours eu du mal à se repérer dans la maison de Rose. C'est une ancienne ferme mais qu'on aurait désossée, dans laquelle (comme dans une baleine) on circule le long de passerelles, mezzanines, escaliers — elle se rend compte, là, que le bureau du père est juste à côté de la cuisine, alors qu'elle aurait suivi un long chemin pièce après pièce, déroulant la maison comme une pelote.

« Est-ce que c'est vrai, ce que m'a dit Rose ? Est-ce que quelqu'un t'a fait du mal, Solange ? »

Qu'est-ce que Rose (et Nathalie) ont raconté ?

La mère de Rose est très intimidante. Mais il y a dans ses bottes rouges — cette femme qui se permet des bottes rouges quand personne n'en met — quelque chose qui laisse penser qu'elle comprendrait, peut-être. Est-ce qu'on n'a pas le droit de faire ce qu'on veut ? (Qu'est-ce que tu veux, Solange ?)

« Est-ce que ça va, Solange ? »

C'est Arnaud. Mais comme il vit à Bordeaux, c'est ça qui ne va pas.

« Est-ce que tu veux venir chez nous en attendant ? »

Chez eux ? Chez Rose ?

Est-ce que, par exemple, le père de Rose sait quelque chose ?

Là, dans son bureau, tout à son Comité de Défense des Droits des Peuples Indigènes du Chiapas. Dans cette maison pleine d'objets si beaux. Les parents de Rose qui font toujours tout bien, qui comprennent tout à tout, et elle qui a le cerveau complètement embrouillé, quand elle a une idée une autre vient s'enquiller dedans et ça n'en finit pas, à prendre toutes les cases en enfilade au lieu de faire des mises en relation rapides, non, il faut qu'elle parcoure tout le chemin et son cerveau se bloque comme entre deux miroirs, reflété à l'infini jusqu'à un point qui fuit, elle et Bihotz, elle et Arnaud.

« Solange, sérieusement, tu te protèges ? »

Peggy Salami a changé plusieurs fois de famille d'accueil, elle a quitté Clèves récemment pour être placée en foyer, pour (paraît-il) éviter qu'elle tombe enceinte (des gens comme ça il faut les stériliser a dit Georges).

Est-ce qu'on va la mettre à la DDASS ?

« Ça me démange. »

La mère de Rose n'a pas l'air de comprendre.

Elle sent sa bouche faire son pli, le pli de quand elle va pleurer, son menton se tord et un grand sac de larmes se déchire, elles roulent comme des grains, elle pointe du doigt son sexe. C'est vrai, ça la démange, c'est peut-être (la terreur la saisit) les premiers symptômes de la maladie, la maladie de dans deux ans ?

« Les mycoses c'est fréquent au début, rien du tout, des champignons, ta mère ne t'a emmenée voir personne ? »

La mère de Rose ouvre un petit carnet à boucle d'argent, elle parle au téléphone pendant que prolifèrent dans l'humus de son sexe les cèpes, les chanterelles, les trompettes-de-la-mort et les vesses-de-loup, alors qu'ici tout est propre et net et récuré — un autre monde où ces choses-là, les choses *marginales*, ne poussent pas.

*

Arnaud chante sur la radio, « Like a virgin, ouh ouh ouh », il en rajoute, il est drôle. « Cette Madonna elle a tout compris. Elle surjoue la pucelle pour mieux faire la pute. Elle va faire une carrière de dingue. Si tu ne vois pas la différence entre elle et Kim Wilde, c'est que ce monde n'est pas pour toi. »

Il a oublié de mettre ses lentilles et il conduit nez au pare-brise, elle a envie de lui caresser le dos (mais elle n'ose pas). Il y a un exemplaire du *Monde* éparpillé sous les sièges. Elle ne connaît aucun autre garçon qui lise *Le Monde.* Ici c'est Clèves, concours de pêche, nouveaux carrefours giratoires, noces de diamant et foire aux bestiaux.

Kim Wilde elle est plus douce, plus gentille. Elle a beaucoup plus de charme selon moi.

« Le charme on s'en tape. Ce qu'on veut c'est des nibards. »

Il parodie les gros lourds. Un peu comme Madonna les femmes. C'est ça le problème, avec le *second degré*: on ne sait jamais exactement ce qui est dit.

Kim Wilde aussi elle montre son soutif.

« Je suis dubitatif. Kim Wilde c'est typiquement la brave fille. Un peu molle, pas farouche mais le genre à te faire des reproches après, et si tu l'épouses elle se croit arrivée. Madonna elle se tirera, mais le temps de te la faire tu te marres. »

La voiture file vers un monde sans Kim Wilde. Il serait encore temps de retourner dans la grotte avec Bihotz (Bihotz aime Kim Wilde presque autant que France Gall, et il saurait bien, lui, ce qu'elle veut dire, que le plus important c'est la *bonté*).

Arnaud lâche une seconde le levier de vitesse pour lui prendre la main et y poser un baiser, elle en mourrait de bonheur. Puis il la met sur sa braguette, elle fouille dans le caleçon plein de poils et extrait la bite, elle le branle comme il aime, pas trop fort, pas trop serré.

On se gare derrière l'immeuble neuf construit sur l'ancienne gravière. Seul le château d'Urbide dépassait les deux étages, au village. Elle n'a pas le temps de méditer sur le temps qui passe, il la presse urgemment de mettre aussi la bouche, « si tu m'aimes un peu tu avales ». Second degré ou pas il lui tient bien la tête pour qu'elle n'en perde pas une goutte. Après il lui propose gentiment un chewing-gum. De sorte que quand la porte s'ouvre, sur une Jennifer qui salue Arnaud d'un bécot sur les lèvres, elle mâche une boule d'environ cinquante millions de spermatozoïdes, autant que de Français, aromatisés à la fraise et tournoyants.

Elle voudrait un verre d'eau. Elle jette le chewing-gum dans la poubelle de la kitchenette. Puis elle le récupère et le colle dans un rond de serviette pyrogravé *Jeannine*.

« Je suis dubitatif », dit Arnaud. C'est son nouveau mot. Il parle du papier peint posé pendant le week-end par les parents de la supposée Jennifer. Il est jaune. Les rideaux sont assortis, il y a un clic-clac noir, des poufs jaune et noir, une table basse en osier, et un poster hyperréaliste, d'un énorme tube de gouache jaune qui coule.

On dirait une peinture sur de la peinture. Ça fait un petit vertige. Comme si le tableau se représentait lui-même. Ou comme quand on voit un camion transporter un camion. Ou comme quand on pense à penser.

Ça lui évoque aussi vaguement le sexe. Elle aurait du mal à dire pourquoi.

Elle a faim mais il n'y a rien dans le frigo. Il n'y a même pas un bout de pain, elle n'a jamais vu une cuisine comme ça.

D'où elle est, elle voit Arnaud et cette soi-disant Jennifer, assis côte à côte à partager une bière. Un faux air de ses parents jeunes, sur la photo en noir et blanc de leurs fiançailles. Du vasistas elle voit la voiture d'Arnaud (en fait c'est la voiture de sa mère), elle-même se sent comme un Kiki en peluche, rien de tout ça n'est vraiment vrai.

Il s'agit d'attendre un Fred et un Jean-Marc qui seraient partis chercher du spliff et aussi un Stéphane, chargé du jaja. Véro doit venir en meule mais c'est pas sûr. Arnaud rouvre des bières, « viens donc t'asseoir avec nous, Angie ». « C'est son vrai nom ? » demande Jennifer.

*

Beaucoup plus tard, un autre Jean-Marc (pas celui qui était prévu) est passé dire qu'il y a une fête chez Franck sauf que lui n'a pas de voiture, et un type avec une fille qui fait des études d'infirmière s'est installé devant le lecteur de cassettes pour écouter le dernier Police, et Arnaud et Jennifer n'ont pas cessé de s'embrasser sur le clic-clac. Mais il faut avoir l'esprit ouvert, Jennifer est en terminale et c'est l'officielle d'Arnaud (en plus de celle de Bordeaux). Elle, Solange, est la favorite cachée (sans parler de son jeune âge). La seule qui sait, celle à qui il dit tout.

C'est ce qu'il lui explique dans la kitchenette quand elle insiste pour qu'il la ramène. Elle avait la permission de minuit (et encore, en faisant croire à Bihotz qu'elle allait voir *Flashdance* avec Nathalie).

Arnaud lui dit qu'elle lui casse les couilles avec son plan Cendrillon.

Ce à quoi elle répond qu'à vrai dire il faut qu'elle rentre *retrouver son mec.* Avec qui *elle vit.*

Ceci entraînant cela, ils sont dans le parking à l'arrière de l'immeuble et Arnaud répète qu'il est dubitatif, vraiment dubitatif.

Qu'on ne sait plus à qui se fier, à quelles apparences. Que ça ne va pas être possible. Lui ne partage pas. Est-ce qu'on partage une fille comme toi ? Qui est l'autre mec ?

Elle décrit le surfeur aux lèvres craquelées et Arnaud la plaque contre la voiture et pendant qu'elle détaille leurs projets de départ et les aménagements de leur *van*, il lui a déjà baissé sa culotte et la portière de la voiture est très dure contre ses fesses — elle ne sent pas grand-chose d'autre mais c'est terriblement excitant, le métal et la peau, le verre et les chairs, le chaud et le froid — et l'excitante possibilité que Jennifer regarde par le vasistas de sa kitchenette ! ou que quelqu'un surgisse sur le parking !

Ça recommence un peu plus loin (dans le bois de Clèves).

Arnaud dit qu'il la veut toute à lui, que ça le rend fou — elle se renverse et gémit : elle est belle, désirable, une femme, une femme avec toi, je me suis enfin sentie faaamme comme dans cette chanson qu'adore sa mère, elle se cambre un peu plus et ses cheveux s'accrochent aux essuie-glaces, aïe, il la bourre plus fort, ça fait un peu mal et son coccyx fait *cloc-cloc* sur le capot glacé mais qu'il la regarde, qu'il n'en rate pas une, qu'il l'enfile qu'il la prenne qu'il la laboure. Elle a beau se voir elle-même et regarder la scène et multiplier les images et être à la fois Arnaud et cette femme *offerte*, elle n'arrive à rien, mais ce n'est pas grave, de toute façon il a fini.

« On va où ? » lui demande Arnaud.

Elle a retrouvé ce contact merveilleux avec lui. Quand ils parlent tellement bien... Ce qui va venir suivra enfin une logique, ils vont se retrouver : après toutes ces péripéties ils vont vivre leur amour, lui tout à elle, elle toute à lui.

Si on allait à la mer ?

Il trouve que c'est une idée formidable. Il la voit comme elle est, ça y est, il la comprend : romantique et fantasque, plus drôle que prévu, plus séduisante aussi. C'est sûr, il doit l'aimer. Il ne ferait pas tous ces kilomètres sinon.

La route file dans les phares. Villages, champs, villages. Ils chantent sur Michel Jonasz, *Une seule journée passée sans elle Est une souffrance Et mon cœur pendu au bout d'une ficelle Se balance*, il tient le volant d'une main et lui fourre l'autre dans la chatte. Ça fait un peu mal (ses ongles de guitariste) mais ça fait drôle aussi, on n'a jamais vu une position pareille pour conduire. *Et passaient les orages et nous étions Criques et falaises Glace et fournaise Chaleur de braises.* C'est la vraie vie, un homme une voiture et des chansons. Et quand la mer sous la Lune élargit le pare-brise à la dimension de son bonheur, elle y est, c'est ça qu'elle voulait, le cœur plein à ras bord d'un avenir maritime et sensuel, fait de tempêtes et de réconciliations.

Dans la dune entièrement faite de sable (pas le moindre petit gazon pour ne pas que ça gratte) alanguie sur son épaule elle l'écoute respirer dans le souffle des vagues. Le Grand Tout. Ce que raconte sa mère, mais en vrai. Ils font partie du cosmos et les étoiles clignotent, et s'ils prenaient la mer tout droit ils verraient monter sous le ciel la Statue de la Liberté. « Tout droit c'est Montréal », corrige Arnaud. Montréal c'est bien aussi.

Dans la voiture elle essaie discrètement de se débarrasser du sable, ça a ravivé ses mycoses.

*

Le soleil se lève quand il la dépose devant chez Bihotz.

Il y a de la lumière à la cuisine. Elle va se faire tuer.

Le visage de Bihotz est boursouflé de larmes.

Sur la table en formica, enroulée dans le patchwork de sa mère, il y a Lulu, raide comme un jambon.

Mince.

Elle va attendre demain (enfin, quand elle se réveillera) pour lui dire qu'il faut qu'ils arrêtent.

En attendant elle est morte de faim, c'est qu'ils n'ont pas mangé, du coup. Elle se sert un restant de poulet au frigo (« attends, je vais te le réchauffer »), c'est un peu gênant de manger devant lui (et pas très ragoûtant avec Lulu crevée, mais il est en train de passer un coup de Javel).

*

Pauvre Monsieur Bihotz. Elle a été spécialement gentille pour lui laisser un bon souvenir.

C'était un peu bizarre de le refaire si vite après Arnaud. Peut-être que les deux spermes s'annulent ? Comme en cours de physique, quand on met de l'eau dans une éprouvette avec de l'oxygène et que ça explose en laissant juste une petite vapeur ?

Il ronfle de façon touchante, le nez encore pris par ses émotions. Il mérite *tellement* d'être aimé. Et dans une autre vie peut-être, dans d'autres *circonstances* — mais c'est comme si sa bite ne faisait pas de lui exactement un homme. En tout cas pas comme son père ou Arnaud.

C'est fatigant de penser à tout ça. Elle essaie de se secouer, elle ne voudrait pas dormir, là — il faut qu'elle se secoue.

*

Cher Monsieur Bihotz

Je suis partie avec Arnaud. J'ai choisi mon chemin. Je suis désolée mais je préfère vous dire parce que je ne veux pas vous faire de peine. Pour Lulu je vous envoie mes sincères condoléanses. Je sais ça va vous énerver que je dise ça mais dans un moment vous verrez vous prendrez une autre chienne en remplacement. Je voulais vous remercier pour tous les bons moments passé ensemble. Oubliez-moi et refaites votre vie. Moi je ne vous oublierez jamais. ~~Énormes~~ bizous.

Solange.

P. S. N'insistez pas sinon je raconte à tout le monde.

♥♥♥♥

*

Bihotz est dans son jardin, l'air de se porter comme un charme. Il tape et cogne sur quelque chose.

Arnaud avait dit qu'il viendrait. Elle ne sait pas encore si elle va s'installer à Bordeaux avec lui, ou s'il a prévu ailleurs (à cause de son *officielle*).

Son cœur bondit en entendant le portail s'ouvrir, mais c'est sa mère, qui passe en coup de vent prendre le courrier et vérifier que tout va bien.

« Tu manges bien ? » Sa mère a beaucoup maigri (ou vieilli). Elle s'est trouvé un stage dans une ferme linguistique, en immersion totale (sauf qu'à cause de la boutique, elle se cogne deux heures de route par jour). S'être mariée n'est pas pour rien dans son *amputation* de ses racines, avec le mépris de son père pour tout ce qu'elle est, toutes ses valeurs — avec sa façon touristique d'être dans la vie, sa vision colonialiste, oui ! Y compris de ce qu'est une femme. Heureusement, avec Monsieur Bihotz, elle est très rassurée. Qu'il ne s'inquiète pas. Papa doit bientôt lui envoyer un chèque. Elle passera les voir quand elle aura plus de temps. Un gros bisou ma chérie. Un énorme bisou ma grande fille. Tout va aller mieux très vite.

Elle pourra même venir s'installer à la ferme linguistique.

Lulu est morte (l'informe-t-elle sur le pas de la porte).

« Pauvre Monsieur Bihotz. Sois très gentille avec lui. Je te fais confiance. »

Il cogne toujours, dehors. Peut-être qu'il désherbe, avec plus de conviction que d'habitude ?

De la fenêtre de sa chambre, elle le voit sous les chênes d'Amérique. Il creuse un trou. À grands coups défonçant la terre. Les glands, les feuilles de l'année dernière, les chatons du printemps, tout vole sous son grand corps moulinant.

Est-ce qu'il a trouvé la lettre ? Elle l'a mise sous son oreiller.

Et s'il parle, lui ? Si on l'envoyait en *maison de redressement* ? Si l'on l'arrachait à Arnaud ?

Leurs regards se croisent, elle rabat vite le rideau avec les Statues de la Liberté.

*

Monsieur Bihotz est à l'hôpital. Il a bu du désherbant. C'est la mère de Rose qui lui dit ça, d'un drôle d'air.

Apparemment il a fait *exprès* de boire du désherbant. Et s'il ne meurt pas il va sans doute y laisser ses reins.

Les reins c'est pour faire pipi. C'est les rognons.

Son cerveau se fige sous une sauce blanche. Elle se revoit à l'auberge avec lui, devant son plat de rognons. Elle a toujours regretté de ne pas avoir pris le confit. La fille d'à côté, la pucelle à l'anniversaire, avait pris le confit.

Peut-être que tout en aurait été changé. Que Bihotz n'aurait pas eu ça. Mais si Staline, mettons, n'était pas allé à Yalta, ça n'aurait pas nécessairement changé le monde, vu que ça aurait été un *autre* monde.

« Qu'est-ce qui peut pousser un vieux garçon comme Bihotz à se comporter comme une écolière ? Quand même pas la mort de sa vieille chienne ? Les gens sont d'un sentimental. »

Le père de Rose a été très marqué (dit-on) par le geste de Delphine. En tout cas c'est agréable de pouvoir circuler sous son regard bienveillant sans se sentir jugée ou mal perçue (le pire serait d'être vue par cet homme-là comme une Slurp, ou pire, une Delphine).

D'après Rose sa mère est une mal baisée. Le père de Rose, on ne pense pas à ça quand on le voit.

L'autre scoop c'est que Nathalie serait vierge. Christian a voulu tenter sa chance avec elle (vu qu'elle le chauffait à parler tout le temps de la chose) mais elle lui a expliqué sous le sceau du secret qu'elle se réservait pour quand elle serait prête, genre pour le grand amour.

Du flan. Elle avait les chocottes, c'est tout.

*

Sa mère est venue la récupérer chez Rose. Il s'agirait de rendre visite à Monsieur Bihotz.

Elle n'a pas plus envie d'aller voir Bihotz qu'elle n'a voulu se rendre au chevet de Delphine. Ces trucs-là, ça la rend trop triste.

« Quel égoïsme ! On dirait ton père. Est-ce que tu te rends compte que Monsieur Bihotz va vivre avec dialyse pour le restant de ses jours ? »

(**Dialyse** [djaliz] n.f. (gr. *dialusis*, séparation). Analyse d'un mélange, fondée sur la propriété que possèdent certains corps de traverser les membranes poreuses. || *Dialyse péritonéale*, méthode thérapeutique pour éliminer les déchets de l'organisme au cours des insuffisances rénales.)

Ça faisait un peu prénom féminin. En fait il va être attaché à une machine. Et sans doute qu'il va devoir déménager pour être plus près de l'hôpital, sur la côte.

Arnaud tarde à se manifester. Il a dû retourner à Bordeaux et sa copine fait sans doute des chichis.

Et il semble que sa mère se soit fâchée avec la mère de Rose. Comme quoi elle aurait mal pris qu'elle se mêle de lui trouver une gynéco (elle a zappé le rendez-vous d'ailleurs, vu qu'elle était avec Arnaud). Elle dit que le jour où il y aura besoin, elle lui prendra rendez-vous elle-même. Celle-là, avec ses bottes rouges, elle a vraiment de drôles d'idées.

De son côté, elle n'a toujours pas eu à tester les tampons (rapport à l'avantage d'être dépucelée). La mère de Rose lui a fait tout un sermon sur la *contraception* — « aucun garçon ne s'en souciera pour toi » — mais Monsieur Bihotz si, quand même, il est tellement responsable, il a bien dû y penser d'une manière ou d'une autre. Elle se souvient comme il lui avait rangé ses premières serviettes hygiéniques, à côté de sa mousse à raser. Et comme il avait été poétique en comparant à un « papillon de nuit » une tache de sang noir sur le drap. Elle en serait presque émue.

De toute façon, jeune comme elle est, ce serait bien le diable — enfin tout ça ne l'intéresse pas tellement. (Il faut qu'elle arrête avec les tellement.) Elle a tellement d'autres choses à penser.

DU MÊME AUTEUR

Aux Éditions P.O.L

TRUISMES, 1996 (Folio n° 3065)

NAISSANCE DES FANTÔMES, 1998 (Folio n° 3272)

LE MAL DE MER, 1999 (Folio n° 3456)

BREF SÉJOUR CHEZ LES VIVANTS, 2001 (Folio n° 3799)

LE BÉBÉ, 2002

WHITE, 2003 (Folio n° 4167)

LE PAYS, 2005 (Folio n° 4582)

ZOO, 2006

TOM EST MORT, 2007 (Folio n° 4852)

PRÉCISIONS SUR LES VAGUES, *réédition*, 2008

LE MUSÉE DE LA MER, *théâtre*, 2009

RAPPORT DE POLICE, 2010 (Folio n° 5217)

CLÈVES, 2011 (Folio n° 5563)

IL FAUT BEAUCOUP AIMER LES HOMMES, 2013 (Folio n° 5909)

ÊTRE ICI EST UNE SPLENDEUR. VIE DE PAULA M. BECKER, 2016 (Folio n° 6349)

NOTRE VIE DANS LES FORÊTS, 2017

Chez d'autres éditeurs

ILLUSION, *photographies de Dolorès Marat*, Filigrane, 2003

CLAIRE DANS LA FORÊT, Des femmes-Antoinette Fouque, 2004

MRS OMBRELLA ET LES MUSÉES DU DÉSERT, *illustrations Fabrice Neaud,* Scali, 2007

PÉRONNILLE LA CHEVALIÈRE, *illustrations Nelly Blumenthal*, Albin Michel Jeunesse, 2009

LE CHIEN CROQUETTE, *illustrations Nelly Blumenthal,* Albin Michel Jeunesse, 2016

Traductions

UN LIEU À SOI *de Virginia Woolf*, 2016, Denoël

BROUILLON D'UN BAISER : PREMIERS PAS VERS FINNEGANS WAKE *de James Joyce*, 2014, Gallimard

TIGRE ! TIGRE ! *de Margaux Fragoso,* 2012, Flammarion

TRISTES PONTIQUES *d'Ovide,* 2008, P.O.L

COLLECTION FOLIO

Dernières parutions

6724.	Jean Rolin	*Le traquet kurde*
6725.	Pénélope Bagieu	*Culottées Livre II-partie 1*
6726.	Pénélope Bagieu	*Culottées Livre II-partie 2*
6727.	Marcel Proust	*Vacances de Pâques* et autres chroniques
6728.	Jane Austen	*Amour et amitié*
6729.	Collectif	*Scènes de lecture. De saint Augustin à Proust*
6730.	Christophe Boltanski	*Le guetteur*
6731.	Albert Camus et Maria Casarès	*Correspondance. 1944-1959*
6732.	Albert Camus et Louis Guilloux	*Correspondance. 1945-1959*
6733.	Ousmane Diarra	*La route des clameurs*
6734.	Eugène Ébodé	*La transmission*
6735.	Éric Fottorino	*Dix-sept ans*
6736.	Hélène Gestern	*Un vertige* suivi de *La séparation*
6737.	Jean Hatzfeld	*Deux mètres dix*
6738.	Philippe Lançon	*Le lambeau*
6739.	Zadie Smith	*Swing Time*
6740.	Serge Toubiana	*Les bouées jaunes*
6741.	C. E. Morgan	*Le sport des rois*
6742.	Marguerite Yourcenar	*Les Songes et les Sorts*
6743.	Les sœurs Brontë	*Autolouange* et autres poèmes
6744.	F. Scott Fitzgerald	*Le diamant gros comme le Ritz*
6745.	Nicolas Gogol	*2 nouvelles de Pétersbourg*
6746.	Eugène Dabit	*Fauteuils réservés* et autres contes
6747.	Jules Verne	*Cinq semaines en ballon*
6748.	Henry James	*La Princesse Casamassima*
6749.	Claire Castillon	*Ma grande*
6750.	Fabrice Caro	*Le discours*
6751.	Julian Barnes	*La seule histoire*
6752.	Guy Boley	*Quand Dieu boxait en amateur*
6753.	Laurence Cossé	*Nuit sur la neige*
6754.	Élisabeth de Fontenay	*Gaspard de la nuit*
6755.	Elena Ferrante	*L'amour harcelant*

6756. Franz-Olivier Giesbert *La dernière fois que j'ai rencontré Dieu*
6757. Paul Greveillac *Maîtres et esclaves*
6758. Stefan Hertmans *Le cœur converti*
6759. Anaïs LLobet *Des hommes couleur de ciel*
6760. Juliana Léveillé-Trudel *Nirliit*
6761. Mathieu Riboulet *Le corps des anges*
6762. Simone de Beauvoir *Pyrrhus et Cinéas*
6763. Dōgen *La présence au monde*
6764. Virginia Woolf *Un lieu à soi*
6765. Benoît Duteurtre *En marche !*
6766. François Bégaudeau *En guerre*
6767. Anne-Laure Bondoux *L'aube sera grandiose*
6768. Didier Daeninckx *Artana ! Artana !*
6769. Jachy Durand *Les recettes de la vie*
6770. Laura Kasischke *En un monde parfait*
6771. Maylis de Kerangal *Un monde à portée de main*
6772. Nathalie Kuperman *Je suis le genre de fille*
6773. Jean-Marie Laclavetine *Une amie de la famille*
6774. Alice McDermott *La neuvième heure*
6775. Ota Pavel *Comment j'ai rencontré les poissons*
6776. Ryoko Sekiguchi *Nagori. La nostalgie de la saison qui vient de nous quitter*
6777. Philippe Sollers *Le Nouveau*
6778. Annie Ernaux *Hôtel Casanova* et autres textes brefs
6779. Victor Hugo *Les Fleurs*
6780. Collectif *Notre-Dame des écrivains. Raconter et rêver la cathédrale du Moyen Âge à demain*
6781. Carole Fives *Tenir jusqu'à l'aube*
6782. Esi Edugyan *Washington Black*
6784. Emmanuelle Bayamack-Tam *Arcadie*
6785. Pierre Guyotat *Idiotie*
6786. François Garde *Marcher à Kerguelen.*
6787. Cédric Gras *Saisons du voyage.*

6788. Paolo Rumiz — *La légende des montagnes qui naviguent.*
6789. Jean-Paul Kauffmann — *Venise à double tour*
6790. Kim Leine — *Les prophètes du fjord de l'Éternité*
6791. Jean-Christophe Rufin — *Les sept mariages d'Edgar et Ludmilla*
6792. Boualem Sansal — *Le train d'Erlingen ou La métamorphose de Dieu*
6793. Lou Andreas-Salomé — *Ce qui découle du fait que ce n'est pas la femme qui a tué le père* et autres textes psychanalytiques
6794. Sénèque — *De la vie heureuse* précédé de *De la brièveté de la vie*
6795. Famille Brontë — *Lettres choisies*
6796. Stéphanie Bodet — *À la verticale de soi*
6797. Guy de Maupassant — *Les Dimanches d'un bourgeois de Paris* et autres nouvelles
6798. Chimamanda Ngozi Adichie — *Nous sommes tous des féministes* suivi du *Danger de l'histoire unique*
6799. Antoine Bello — *Scherbius (et moi)*
6800. David Foenkinos — *Deux sœurs*
6801. Sophie Chauveau — *Picasso, le Minotaure. 1881-1973*
6802. Abubakar Adam Ibrahim — *La saison des fleurs de flamme*
6803. Pierre Jourde — *Le voyage du canapé-lit*
6804. Karl Ove Knausgaard — *Comme il pleut sur la ville. Mon combat - Livre V*
6805. Sarah Marty — *Soixante jours*
6806. Guillaume Meurice — *Cosme*
6807. Mona Ozouf — *L'autre George. À la rencontre de l'autre George Eliot*
6808. Laurine Roux — *Une immense sensation de calme*
6809. Roberto Saviano — *Piranhas*

6810.	Roberto Saviano	*Baiser féroce*
6811.	Patti Smith	*Dévotion*
6812.	Ray Bradbury	*La fusée* et autres nouvelles
6813.	Albert Cossery	*Les affamés ne rêvent que de pain*
6814.	Georges Rodenbach	*Bruges-la-Morte*
6815.	Margaret Mitchell	*Autant en emporte le vent I*
6816.	Margaret Mitchell	*Autant en emporte le vent II*
6817.	George Eliot	*Felix Holt, le radical.* À paraître
6818.	Goethe	*Les Années de voyage de Wilhelm Meister*
6819.	Meryem Alaoui	*La vérité sort de la bouche du cheval*
6820.	Unamuno	*Contes*
6821.	Leïla Bouherrafa	*La dédicace.*
6822.	Philippe Djian	*Les inéquitables*
6823.	Carlos Fuentes	*La frontière de verre.* Roman en neuf récits
6824.	Carlos Fuentes	*Les années avec Laura Díaz.* Nouvelle édition augmentée
6825.	Paula Jacques	*Plutôt la fin du monde qu'une écorchure à mon doigt.*
6826.	Pascal Quignard	*L'enfant d'Ingolstadt. Dernier royaume X*
6827.	Raphaël Rupert	*Anatomie de l'amant de ma femme*
6828.	Bernhard Schlink	*Olga*
6829.	Marie Sizun	*Les sœurs aux yeux bleus*
6830.	Graham Swift	*De l'Angleterre et des Anglais*
6831.	Alexandre Dumas	*Le Comte de Monte-Cristo*
6832.	Villon	*Œuvres complètes*
6833.	Vénus Khoury-Ghata	*Marina Tsvétaïéva, mourir à Elabouga*
6834.	Élisa Shua Dusapin	*Les billes du Pachinko*
6835.	Yannick Haenel	*La solitude Caravage*
6836.	Alexis Jenni	*Féroces infirmes*

6837.	Isabelle Mayault	*Une longue nuit mexicaine*
6838.	Scholastique Mukasonga	*Un si beau diplôme !*
6839.	Jean d'Ormesson	*Et moi, je vis toujours*
6840.	Orhan Pamuk	*La femme aux cheveux roux*
6841.	Joseph Ponthus	*À la ligne. Feuillets d'usine*
6842.	Ron Rash	*Un silence brutal*
6843.	Ron Rash	*Serena*
6844.	Bénédicte Belpois	*Suiza*
6845.	Erri De Luca	*Le tour de l'oie*
6846.	Arthur H	*Fugues*
6847.	Francesca Melandri	*Tous, sauf moi*
6848.	Eshkol Nevo	*Trois étages*
6849.	Daniel Pennac	*Mon frère*
6850.	Maria Pourchet	*Les impatients*
6851.	Atiq Rahimi	*Les porteurs d'eau*
6852.	Jean Rolin	*Crac*
6853.	Dai Sijie	*L'Évangile selon Yong Sheng*
6854.	Sawako Ariyoshi	*Le crépuscule de Shigezo*
6855.	Alexandre Dumas	*Les Compagnons de Jéhu*
6856.	Bertrand Belin	*Grands carnivores*
6857.	Christian Bobin	*La nuit du cœur*
6858.	Dave Eggers	*Les héros de la Frontière*
6859.	Dave Eggers	*Le Capitaine et la Gloire*
6860.	Emmanuelle Lambert	*Giono, furioso*
6861.	Danièle Sallenave	*L'églantine et le muguet*
6862.	Martin Winckler	*L'École des soignantes*
6863.	Zéno Bianu	*Petit éloge du bleu*
6864.	Collectif	*Anthologie de la littérature grecque. De Troie à Byzance*
6865.	Italo Calvino	*Monsieur Palomar*
6866.	Auguste de Villiers de l'Isle-Adam	*Histoires insolites*
6867.	Tahar Ben Jelloun	*L'insomniaque*
6868.	Dominique Bona	*Mes vies secrètes*
6869.	Arnaud Cathrine	*J'entends des regards que vous croyez muets*
6870.	Élisabeth Filhol	*Doggerland*

6871. Lisa Halliday — *Asymétrie*
6872. Bruno Le Maire — *Paul. Une amitié*
6873. Nathalie Léger — *La robe blanche*
6874. Gilles Leroy — *Le diable emporte le fils rebelle*
6875. Jacques Ferrandez / Jean Giono — *Le chant du monde*
6876. Kazuo Ishiguro — *2 nouvelles musicales*
6877. Collectif — *Fioretti. Légendes de saint François d'Assise*
6878. Herta Müller — *La convocation*
6879. Giosuè Calaciura — *Borgo Vecchio*
6880. Marc Dugain — *Intérieur jour*
6881. Marc Dugain — *Transparence*
6882. Elena Ferrante — *Frantumaglia. L'écriture et ma vie*
6883. Lilia Hassaine — *L'œil du paon*
6884. Jon McGregor — *Réservoir 13*
6885. Caroline Lamarche — *Nous sommes à la lisière*
6886. Isabelle Sorente — *Le complexe de la sorcière*
6887. Karine Tuil — *Les choses humaines*
6888. Ovide — *Pénélope à Ulysse* et autres lettres d'amour de grandes héroïnes antiques
6889. Louis Pergaud — *La tragique aventure de Goupil* et autres contes animaliers
6890. Rainer Maria Rilke — *Notes sur la mélodie des choses* et autres textes
6891. George Orwell — *Mil neuf cent quatre-vingt-quatre*
6892. Jacques Casanova — *Histoire de ma vie*
6893. Santiago H. Amigorena — *Le ghetto intérieur*
6894. Dominique Barbéris — *Un dimanche à Ville-d'Avray*
6895. Alessandro Baricco — *The Game*
6896. Joffrine Donnadieu — *Une histoire de France*
6897. Marie Nimier — *Les confidences*
6898. Sylvain Ouillon — *Les jours*
6899. Ludmila Oulitskaïa — *Médée et ses enfants*
6900. Antoine Wauters — *Pense aux pierres sous tes pas*

6901. Franz-Olivier Giesbert	*Le schmock*
6902. Élisée Reclus	*La source* et autres histoires d'un ruisseau
6903. Simone Weil	*Étude pour une déclaration des obligations envers l'être humain* et autres textes
6904. Aurélien Bellanger	*Le continent de la douceur*
6905. Jean-Philippe Blondel	*La grande escapade*
6906. Astrid Éliard	*La dernière fois que j'ai vu Adèle*
6907. Lian Hearn	*Shikanoko, livres I et II*
6908. Lian Hearn	*Shikanoko, livres III et IV*
6909. Roy Jacobsen	*Mer blanche*
6910. Luc Lang	*La tentation*
6911. Jean-Baptiste Naudet	*La blessure*
6912. Erik Orsenna	*Briser en nous la mer gelée*
6913. Sylvain Prudhomme	*Par les routes*
6914. Vincent Raynaud	*Au tournant de la nuit*
6915. Kazuki Sakuraba	*La légende des filles rouges*
6916. Philippe Sollers	*Désir*
6917. Charles Baudelaire	*De l'essence du rire* et autres textes
6918. Marguerite Duras	*Madame Dodin*
6919. Madame de Genlis	*Mademoiselle de Clermont*
6920. Collectif	*La Commune des écrivains. Paris, 1871 : vivre et écrire l'insurrection*
6921. Jonathan Coe	*Le cœur de l'Angleterre*
6922. Yoann Barbereau	*Dans les geôles de Sibérie*
6923. Raphaël Confiant	*Grand café Martinique*
6924. Jérôme Garcin	*Le dernier hiver du Cid*
6925. Arnaud de La Grange	*Le huitième soir*
6926. Javier Marías	*Berta Isla*
6927. Fiona Mozley	*Elmet*
6928. Philip Pullman	*La Belle Sauvage. La trilogie de la Poussière, I*
6929. Jean-Christophe Rufin	*Les trois femmes du Consul. Les énigmes d'Aurel le Consul*

6930. Collectif	*Haikus de printemps et d'été*
6931. Épicure	*Lettre à Ménécée* et autres textes
6932. Marcel Proust	*Le Mystérieux Correspondant* et autres nouvelles retrouvées
6933. Nelly Alard	*La vie que tu t'étais imaginée*
6934. Sophie Chauveau	*La fabrique des pervers*
6935. Cecil Scott Forester	*L'heureux retour*
6936. Cecil Scott Forester	*Un vaisseau de ligne*
6937. Cecil Scott Forester	*Pavillon haut*
6938. Pam Jenoff	*La parade des enfants perdus*
6939. Maylis de Kerangal	*Ni fleurs ni couronnes* suivi de *Sous la cendre*
6940. Michèle Lesbre	*Rendez-vous à Parme*
6941. Akira Mizubayashi	*Âme brisée*
6942. Arto Paasilinna	*Adam & Eve*
6943. Leïla Slimani	*Le pays des autres*
6944. Zadie Smith	*Indices*
6945. Cesare Pavese	*La plage*
6946. Rabindranath Tagore	*À quatre voix*
6947. Jean de La Fontaine	*Les Amours de Psyché et de Cupidon* précédé d'*Adonis* et du *Songe de Vaux*
6948. Bartabas	*D'un cheval l'autre*
6949. Tonino Benacquista	*Toutes les histoires d'amour ont été racontées, sauf une*
6950. François Cavanna	*Crève, Ducon !*
6951. René Frégni	*Dernier arrêt avant l'automne*
6952. Violaine Huisman	*Rose désert*
6953. Alexandre Labruffe	*Chroniques d'une station-service*
6954. Franck Maubert	*Avec Bacon*
6955. Claire Messud	*Avant le bouleversement du monde*
6956. Olivier Rolin	*Extérieur monde*
6957. Karina Sainz Borgo	*La fille de l'Espagnole*
6958. Julie Wolkenstein	*Et toujours en été*
6959. James Fenimore Cooper	*Le Corsaire Rouge*

Tous les papiers utilisés pour les ouvrages
des collections Folio sont certifiés
et proviennent de forêts gérées durablement.

Composition : IGS-CP à L'Isle-d'Espagnac (16)
Impression Maury Imprimeur
45330 Malesherbes, le 20 février 2022
Dépôt légal : février 2022
1er dépôt légal dans la collection : mars 2013
Numéro d'impression : 261041

ISBN 978-2-07-045090-9 / Imprimé en France.

542328